Julia Niewöhner

Baby, Business, Bettgeflüster

## Über die Autorin

Julia Niewöhner war als Diplom-Pädagogin
und Heilpraktikerin für Psychotherapie tätig, bis sie ihr erstes
Kind bekam. Während ihr Sohn am liebsten auf ihrem Arm
schlief, schrieb sie ihren Debütroman
einhändig auf ihrem Handy.
»Baby, Business, Bettgeflüster« ist ihr zweiter Roman.
Sie lebt mit ihrer kleinen Familie in Steinhagen bei Bielefeld.
Besuchen Sie die Autorin
unter www.julianiewoehner.de im Internet.

Lesen Sie außerdem:
»Sehnsucht nach Sodbrennen«, ISBN 9783744887816

JULIA NIEWÖHNER

# Baby, Business, Bettgeflüster

ROMAN

BoD - Books on Demand

Bibliografische Information der Deutschen Nationalbibliothek:
Die Deutsche Nationalbibliothek verzeichnet diese Publikation
in der Deutschen Nationalbibliografie; detaillierte bibliografische
Daten sind im Internet über http://dnb.dnb.de abrufbar.


© 2018 Julia Niewöhner
Herstellung und Verlag:
BoD - Books on Demand, Norderstedt


ISBN: 9783738632057

Dieses Buch widme ich allen Müttern,
die für ihre Kinder durchs Feuer gehen würden.
Oder wahlweise in die Psychiatrie,
wenn die Autonomiephase beginnt.

# Prolog

Pläne, die:
sind dazu da, um regelmäßig vom Kleinkind
durchkreuzt zu werden

Klara nippte genussvoll an ihrem Latte Macchiato und reckte ihr Gesicht der warmen Nachmittagssonne zu. Julius hatte sich am Brunnen des Alten Markts in Bielefeld hochgezogen und freute sich, dass er sich daran entlanghangeln konnte. Mit seiner kleinen Schaufel in der Hand tapste er vergnügt immer wieder um den Brunnen herum, streckte seine Händchen in Richtung der Wasserfontänen und feierte seine neu gewonnene Unabhängigkeit. Auch Klara empfand ein lange vermisstes Gefühl der Freiheit: ihr Sohn brauchte sie ein kleines bisschen weniger als bisher und konnte sich alleine fortbewegen, so dass sie ihm einfach zuschauen und in Ruhe ihren Kaffee trinken konnte. Was für ein Unterschied zu seiner Säuglingszeit! Regelmäßig warf er ihr einen Blick zu und vergewisserte sich, ob sie noch da war.

»Huhu, Julius! Na, macht das Spaß?«, rief sie ihm zu.

»Da!«, rief er aufgeregt zurück.

»Was ist denn da?«

»Da!«, kam als Antwort. Mit seinem knappen Jahr war er zu detaillierteren Beschreibungen noch nicht fähig. »Da!«

Klara sah, wie er sich auf der anderen Seite des Brunnens bückte und sich irgendetwas auf dem Boden anschaute. Bevor er sich am Ende noch eine Zigarettenkippe in den Mund steckte, stand sie lieber auf und schaute nach. »Was hast du denn da entdeckt?«, trällerte sie ihm entgegen, als sie sah, worin er hingebungsvoll buddelte. »Oh nein, Julius, stopp! Das ist nichts zum Buddeln! Da hat ein Wauwau Aa gemacht und...« Kurz erinnerte sie sich an ihr damaliges Vorhaben, dass sie niemals Babysprache benutzen wollte.

Julius grinste sie an und zeigte stolz seine braunbeschmierte Schaufel.

»Gut, dass das Glück bringt«, mischte sich ein vorbeigehender älterer Herr ein und lächelte Julius amüsiert zu.

Klara kramte nach irgendetwas zum Abwischen und bedankte sich innerlich für das umfangreiche Sortiment, das sie immer mit sich herumschleppte, seitdem sie Mutter geworden war. Feuchttücher, Taschentücher, Spucktücher. Trotzdem wollte sie die Schaufel und Julius' Hände richtig abwaschen, exte ihren Latte und steuerte mit Julius unter dem Arm die Damentoilette des Coffee Stores an. Die anderen Gäste rümpften die Nase angesichts der Duftwolke, die sie hinter sich her zogen.

»Julius, bitte halt einmal ganz kurz still. Mama will dir nur mal kurz die Hände waschen. Genau, patsch patsch.«

Julius klatschte mit den Händen in das fremde Waschbecken und schaute fasziniert auf den Seifenschaum.

»Klara?«, fragte eine Stimme hinter ihr, die sie zwar gut kannte, Klara aber trotzdem nicht sofort einfallen wollte, zu wem sie gehörte. Ausgerechnet jetzt – nach Kacke stinkend, mit Schweißperlen auf der Oberlippe und mit dem zappelnden Julius über dieses winzige Waschbecken gebeugt. Sie blickte auf und sah im Spiegel, dass Waltraud, ihre ehemalige Chefin, aus einer der Kabinen gekommen war und nun hinter ihr stand.

»Waltraud!«

»Klara, kann ich dir irgendwie helfen?«

»Ja, kannst du bitte Papierhandtücher aus dem Spender ziehen und Julius die Hände abtrocknen?«

»Na klar.« Waltraud konnte man ohne Weiteres um so etwas bitten.

»Danke. Wie geht's dir? Und was machst du hier?« Sie hatte immer angenommen, Waltraud würde nur ayurvedischen Tee in ausgesuchten Yogatempeln trinken statt Milchkaffee im Coffee Store.

Waltraud betupfte Julius' Händchen und erntete von ihm interessierte Blicke. »Ach, mir geht's so weit ganz gut. Du und Romy, ihr fehlt mir natürlich. Und die Arbeit auch, aber es ist besser so.« Melancholie verschleierte ihre sonst so fröhlich strahlenden Augen.

Klara hielt inne und versuchte, in Waltrauds Augen zu lesen. »Wollen wir vielleicht noch ein bisschen quatschen? Also, nicht hier auf der Toilette, mein ich.«

»Gerne. Mein Mann sitzt vorne, aber der ist nicht böse drum, wenn ich ihn noch einen Moment länger Zeitung lesen lasse. Komm, ich trage deine Wickeltasche.«

Sie bestellten sich noch eine Limo, setzten sich damit nach draußen unter den großen Baum und drückten Julius ein Buch über Baustellenfahrzeuge in die Hand, das er mit Begeisterung durchblätterte.

»Ich muss dich unbedingt was fragen, Waltraud.«

»Dann frag doch.« Waltraud lächelte sie herzlich an.

»Wie konntest du nur?« Klara bemühte sich, ihren Zorn und ihre Enttäuschung zu verstecken, auch wenn sie wusste, dass Waltraud auf anderen sphärischen Ebenen nie etwas verborgen blieb. »Wie konntest du »Höhepunkt« an so einen Idioten verscherbeln, der die Beratungsstelle zugrunde richtet und Romy und mich rausekelt? Das muss dir doch von Vornherein bewusst gewesen sein!«

Waltraud atmete tief durch. »Ja, natürlich war ich mir dessen bewusst, Klara.«

»Aber das ergibt doch keinen Sinn!«

»Doch, das tut es. Darf ich dich zuerst fragen, wie es dir und Romy geht? Glaub mir, dann verstehst du mich besser.«

Klara schnaubte. »Gut. Uns beiden geht es wirklich gut. Julius feiert ja morgen seinen ersten Geburtstag und wir kommen immer besser zu zweit zurecht.«

»Und beruflich?«

»Nachdem ich Dr. Schilling kennengelernt hab, war mir schnell klar, dass ich für den nicht arbeiten will. Und naja, was soll ich sagen, im Laufe der Zeit hab ich eine Geschäftsidee entwickelt, die ich jetzt in die Tat umsetze. Und Romy steigt da mit ein.« Stolz schwoll in ihr an und sie spürte, wie sich ein Lächeln auf ihrem

Gesicht ausbreitete.

»Was denn für eine Geschäftsidee?«

MÄRZ – 6 Monate vorher

Unterdrückung, die:
elementar wichtig, wenn das Baby endlich –
ENDLICH – auf dem Arm eingeschlafen ist
und man einen Hustenreiz spürt

Klara fühlte sich abgelutscht und ausgesaugt. Julius hatte über vierzig Minuten voller Inbrunst an ihrer ohnehin schon strapazierten Brust genuckelt, bis ihm endlich die müden Äuglein zugefallen waren. Jetzt durfte sie keinen Fehler machen. Wie menschliches Mikado entzog sie sich ihm Millimeter für Millimeter. Sein kleiner Fuß rutschte ohne Protest von ihrem Bein, sein Händchen lockerte anstandslos den Griff um ihren Finger und wenn sie jetzt noch geräuschlos das große Bett verlassen würde, könnte ihre abendliche Freizeit beginnen. In den letzten sechs Monaten hatte sie bereits gelernt, in welchem Winkel ihre Hüfte und an welcher Stelle der Lattenrost ein lautes Knacken von sich gaben. Einer professionellen Juwelendiebin gleich schlich sie sich geschmeidig durch das dunkle Schlafzimmer. Noch schnell das Babyphone einschalten – autsch! Da war der scharfkantige Bettkasten! – und dann raus mit ihr.

Vor der Tür blieb sie stehen und spürte, wie ihre Erleichterung einer gigantischen Welle der Erschöpfung Platz machte. Natürlich könnte sie sich auch einfach wieder zu ihm legen und sich ausruhen, aber sie brauchte einfach mal ein bisschen Zeit für sich.

Kaputt schleppte sie sich in Richtung Wohnzimmer. Wollte sie mal wieder in einer Zeitschrift blättern? Oder eine Folge »Grey´s Anatomy« gucken? Oder einen Tee trinken, so lange er heiß war? Ihr Po hatte noch nicht ganz das Sofa berührt, als die Jalousien der Nachbarn mit einem knallenden Rattern die Stille zerstörten.

»Bitte nicht...« Klara schloss die Augen und zählte innerlich. Drei, zwei...

»Uwähhh!« beschwerte sich Julius vehement durch das Babyphone. In Momenten wie diesen sehnte sie sich danach, dem Kindsvater auf die Schulter zu tippen und ihm »Du bist dran« zuzuraunen. Dummerweise waren sie gerade dabei, sich scheiden zu lassen.

»Einen Eiweißshake mit Kokos, bitte.« Romys Haarspitzen waren schweißnass und ihre Wangen leuchteten rot. Nachdem beim »Zumba« mal wieder nur Frauen mitgetanzt hatten, hatte sie danach noch beim »Body Pump« mitgemacht, um mal wieder etwas Testosteron einzuatmen. Die männlichen Teilnehmer waren alle ganz nett und eigneten sich gut für ein bisschen Smalltalk an der Studiotheke, kamen aber niemals für mehr als das in Frage.

»Kommt sofort, Süße.« Mirko, der Fitnessschönling, der jeder Frau hier Komplimente und schöne Augen machte, schüttete die passenden Zutaten zusammen und ließ beim Mixen seine aufgepumpten Muskeln spielen.

Romy verdrehte die Augen. Weder sein Bizeps noch das Kosewort konnten sie beeindrucken. Zwar war sie nun schon viel zu lange Single und sehnte sich nach einer Beziehung, hatte aber trotz allem ihre Ansprüche. Und plumpes Auftreten war für sie ein Abtörner. Vorfreudig linste sie Richtung Uhr. Es war langsam Zeit, um nach Hause zu fahren und es sich vor ihrem Laptop gemütlich zu machen. Denn während ihr in der realen Welt kein Mann gut genug erschien, traf sie sich im Internet jeden Abend mit EinsamerWolf79. Entgegen seines einfallslosen Chatnamens war er alles andere als das. Charmant, kultiviert und zuvorkommend traf es viel eher. Seitdem sie sich vor zwei Wochen als ebenfalls einfallslose Wonder-Woman32 in dem Datingportal »Superflirt« eingeloggt hatte, war kein Abend vergangen, an dem sie sich nicht über Gemeinsamkeiten, aktuelles Zeitgeschehen und ihre Gefühlslage ausgetauscht hatten. Ihr Verstand sagte ihr immer wieder, dass Online-Dating nicht funktioniert und sie Gefahr laufe, sich in eine Illusion zu verlieben. Zu spät, antwortete ihr Herz.

»Oh, mon coeur, je t'aime«, hauchte Pierre liebevoll in Franziskas Ohr, nachdem er sich von ihr herunter-gerollt und von hinten an ihren nackten Körper geschmiegt hatte. Sein Brusthaar kitzelte an ihrem Rücken und sein Bauch wärmte ihren kühlen Po.

»Ich liebe dich auch«, murmelte sie zurück. »So könnte ich jeden Tag ausklingen lassen.« Nach zwei Sturzgeburten und unzähligen Telefonaten mit verunsicherten Schwangeren hatte Pierre es mal wieder geschafft, sie von Kopf bis Fuß zu entspannen.

»Nischts lieber als das, mein Schatz.« Sie hörte ihn

förmlich lächeln. »Isch stehe dir stets zu Diensten. Immer. Wirklisch. Du brauchst nur mit dem kleinen Finger zu...« Sein Handy piepste. »Oh, da muss isch range'en.«

Franziska zog die Bettdecke fest um ihren Körper, nachdem Pierre aufgestanden und mit seinem Telefon im Badezimmer verschwunden war. Sie waren offiziell ein Paar, seitdem sie gemeinsam dem kleinen Julius auf die Welt geholfen hatten. Noch nie hatte sie sich mit einem Partner so glücklich gefühlt, wie mit Pierre. Er schien ihre Bedürfnisse zu erahnen, den von Männern gefürchteten weiblichen Subtext zu entziffern und sie genauso zu lieben, wie sie im Kern ihres Seins nun einmal war. Sie führten eine Beziehung ohne Show und Franziska war sich sicher, dass sich das niemals ändern würde. »Eine Patientin?«

»Hm?« In Gedanken versunken kam Pierre zurück ins Bett gekrabbelt.

»War das eine deiner Patientinnen gerade am Telefon?« Als Hebamme wusste sie genau, wie stressig es war, immer erreichbar sein zu müssen.

Über sein Gesicht huschte ein Ausdruck, den sie nicht deuten konnte. Das kam in letzter Zeit häufiger vor, fiel ihr aber jetzt zum ersten Mal bewusst auf.

»Non, oui. Isch darf nischt darüber spreschen. Ist das für disch in Ordnung?«

Franziska nickte. »Klar.« Die ärztliche Schweigepflicht nahm Pierre nun einmal sehr genau, was sie gut fand und grundsätzlich unterstützte. Trotzdem meldete sich in ihr zum ersten Mal ein flaues Gefühl im Magen.

»Bonne nuit, mon chérie.« Pierre gab ihr einen zärtlichen Kuss, der sich so wundervoll auf ihren Lippen anfühlte, dass die Schmetterlinge in ihrem Bauch wieder die Oberhand gewannen. Vorerst.

»Wie das Fähnchen auf dem Turme...«, sang Klara gerade auf der Krabbeldecke neben dem glucksenden Julius kniend, als es an der Tür klingelte. »Oh, dein Papa ist da!« Sie schnappte sich den kleinen Mann und öffnete Lorenz die Wohnungstür.

»Hallo ihr zwei! Da bin ich.« Typisch für ihn schien Lorenz nicht zu wissen, wie er sich seiner angehenden Exfrau gegenüber verhalten sollte. Stoffelig blieb er im Türrahmen stehen.

»Hallo.« Klara machte ihm Platz und guckte ungläubig auf sein Mitbringsel. »Was hast du denn mit dem Fußball vor?«

»Du hast doch gesagt, ich soll zum Spielen vorbeikommen, damit du mal wieder duschen kannst.« Verständnislos hielt er Julius den Ball hin.

»Julius fängt gerade an, sich vom Rücken auf den Bauch und wieder zurück zu drehen. Den Fußball kannst du in einem Jahr wieder mitbringen.« Klara nahm Lorenz den Ball ab und drückte ihm das Kind auf den Arm.

»Na, du bist ja heute ein echter Sonnenschein. Ich kann auch wieder gehen, wenn ich dir nichts recht mache.«

Klara seufzte. »Nein, bitte bleib.« Sie war zu ausgelaugt, um sich in den nächsten Stunden alleine um Julius zu kümmern. Außerdem hatte Waltraud, ihre Chefin, einen Termin anberaumt, zu dem Klara trotz Elternzeit eingeladen worden war. Lorenz zu ertragen schien ihr gerade das kleinere Übel zu sein. »Ich hatte eine furchtbare Nacht und habe eigentlich die ganze Zeit gestillt und...«

»Ich hab auch ziemlich schlecht geschlafen«, stöhnte Lorenz dazwischen.

»Ach ja?« Skeptisch zog sie die Augenbrauen hoch. Seitdem sie Mutter eines nachtaktiven Säuglings war, konnte sie Schlafprobleme anderer Menschen nicht mehr als solche würdigen.

»Ja. Ich bin bestimmt zwei Mal aufgewacht, obwohl ich sonst immer durchschlafe.« Er gähnte. »Ich fühl mich heute wie gerädert.«

»Oh ja, du Armer.« Sarkasmus floss wie grünes Gift aus ihren Worten. »Und musstest du beide Male eine Stunde wach bleiben, wippend und singend durch die Wohnung tigern und durftest dich erst wieder hinlegen, nachdem dir wer anders die Nippel abgekaut hat?«

»Nee. Wieso?«

»Weil so meine Nächte aussehen!«

Lorenz guckte, als überlegte er, ob er sie anmotzen oder geschickterweise lieber Feingefühl zeigen sollte. »Julius ist doch jetzt fünf Monate alt, oder?«

»Sechs«, korrigierte Klara ihn.

»Dann hör doch endlich auf mit der Stillerei. Dich macht es völlig fertig und Julius muss doch auch langsam lernen, ohne dich und deine Brüste auszukommen.«

Stilltipps von einem Mann im Allgemeinen und von

ihrem zukünftigen Exmann im Besonderen konnte Klara einfach nicht ernst nehmen. »Und diese Info hast du woher?«

Lorenz schaute ausweichend zur Seite. Klara mutmaßte, dass er diese Weisheit von seinem Vater, ihrem fleischgewordenen Alptraum, aufgeschnappt hatte. Dessen Sätze plapperte er meistens unreflektiert nach, was Klara für einen erwachsenen Mann absolut peinlich fand.

»Weißt du was? Ich will es gar nicht wissen. Ihr könnt jetzt spielen gehen und ich schließe mich im Bad ein. Wenn was ist…«

»Wir kommen klar«, unterbrach er sie. »Komm, Julius, ich erklär dir jetzt mal, wie die Frauen ticken…«

Als hättest du irgendeine Ahnung davon, dachte Klara, als sie die Badezimmertür hinter sich schloss und auf dem Toilettendeckel in Tränen ausbrach.

Frisch geduscht und seelisch annähernd erholt ging sie zurück zur Krabbeldecke. Wie sie Vater und Sohn dort zusammen sah, zog sich ihr Herz schmerzhaft zusammen. War es wirklich richtig, sich endgültig von Lorenz zu trennen? Nahmen sie Julius damit nicht eine glückliche, behütete Kindheit mit einer intakten Familie?

»Und jetzt will ich mal sehen, wie gut du dich schon rollen kannst. Komm schon, zeig mir das mal!«, forderte Lorenz seinen Sohn auf.

Julius begutachtete derweil intensiv sein Fäustchen und schien ganz fasziniert davon zu sein, wenn es sich wie durch Zauberhand öffnete.

»Na los!« Lorenz ließ nicht locker.

»Lorenz, du setzt ihn damit unter Leistungsdruck. Lass das bitte.«

Lorenz drehte sich genervt zu ihr um. »In unserer Gesellschaft kann man nur bestehen, wenn man richtig performed. Er profitiert von meinem Umgang mit ihm und verweichlicht nicht so, wie-«, brach er abrupt ab.

»Wie bei mir, meinst du.« Ach ja, deshalb will ich ihn nicht zurück haben, fiel es Klara wieder ein. Wegen ihrer Streitereien, seinem fehlenden Rückgrat seinem Vater gegenüber und seiner Illoyalität ihr gegenüber. Von seiner Affäre mit dieser Hostess kurz vor ihrer Hochzeit ganz zu schweigen. Es schien ihr unglaublich, dass ihre Hochzeit erst knapp neun Monate her war. So viel war in der Zwischenzeit passiert – der Selbstmord ihres Bruders, ihre Trennung, die Geburt und das erste halbe Jahr mit Julius – dass sich ihre Trauung rückblickend wie ein völlig anderes Leben anfühlte. Als wäre sie ein völlig anderer Mensch gewesen.

»Meine Eltern würden Julius übrigens auch gerne mal wieder sehen«, warf Lorenz ganz nebenbei ein.

»Deine Mutter kommt doch jede Woche vorbei«, wunderte sich Klara. Mit Hildegard verstand sie sich nach wie vor sehr gut.

Lorenz atmete tief durch. »Ich habe auch noch einen Vater, der seinen Enkelsohn vermisst.«

Als wäre dieses Ekelpaket zu sentimentalen Gefühlen in der Lage, ätze Klara innerlich.

Lorenz schien ihre Gedanken gelesen zu haben. »Klara, bitte sei nicht so egoistisch. Julius hat ein Recht darauf, all' seine Großeltern kennenzulernen. Und nur weil du und mein Vater nicht auf einer Wellenlänge seid…«

»Egoistisch? Du nennst mich egoistisch?!« In Anbetracht ihrer derzeitigen Selbstaufgabe gab es keine Beschreibung, die ihrer Meinung nach weniger zu ihr gepasst hätte. Wobei sie nicht leugnen konnte, dass sie keine Lust auf Konrad Weber hatte.

»Jetzt flipp nicht gleich aus. Ich finde ja nur, dass du nicht alles alleine entscheiden darfst, nur weil du die Mutter bist.«

»…die sich nebenbei bemerkt um alles alleine kümmert«, ergänzte sie scharf.

»Weil du mich verlassen hast.« Verbittert zog er die Augenbrauen zusammen.

»Weil du eine andere gevögelt hast!«, erinnerte sie ihn laut.

Im Kreis drehen konnten sie sich schon immer gut. Julius schien die aggressive Stimmung auch zu bemerken und fing an zu weinen.

»Vielleicht gehst du jetzt besser.« Klara nahm Julius auf den Arm und komplimentierte Lorenz zur Tür. Ohne sich zumindest von seinem Sohn zu verabschieden, verschwand er wortlos im Treppenhaus. Dann würde Julius wohl nachher zum ersten Mal eine Sexualberatungsstelle von innen sehen.

EinsamerWolf79: »Hallo mein Herz, wie geht es dir? Ich genieße gerade die ersten Sonnenstrahlen des Jahres mit einem frischen Kaffee in der Hand und denke an dich. Bis nachher.«

Wonderwoman32: »Hallo du Sonnenanbeter! Klingt

nach einem entspannten Nachmittag! Ich hocke leider im Büro mit meinem nervigen Kollegen. Keine Sonne und nur alter Kaffee. Deine Nachricht hebt allerdings erheblich meine Laune! Bis später!«

Romy lächelte verträumt ihren Rechner an und steckte sich eine Scheibe Salatgurke in den Mund. Was für ein sympathischer Typ! Ob seine Stimme wohl genauso samtweich klang, wie in ihrer Vorstellung? Und was er wohl beruflich machte? Wenn er mitten am Tag draußen sitzen konnte, war er bestimmt selbstständig. Oder arbeitslos. Bei der nächsten Gelegenheit würde sie sich mal genauer über ihn erkundigen, nahm sie sich vor.

»Hallo Romy, hallo Gustav, ist Klara auch schon da?« Waltraud wehte ins Büro und sah sich suchend um. Anders als sonst wirkte sie bedrückt oder wie sie es selbst beschreiben würde, war ihre Aura heute dunkelgrau.

»Da bin ich!« Schwer bepackt mit Julius im Maxicosi, der Wickeltasche schräg umgehängt und einer Mappe, die wenigstens etwas nach Arbeit aussah, stolperte Klara in ihr altes Büro. Wenn sie den Duft, der ihr Kind umgab, richtig deutete, würde sie Julius als erstes wickeln müssen. Während andere Kinder im Auto am besten einschlafen konnten, wirkte die Autoschale auf ihren Sohn abführend. Gustav, der sie während ihrer Elternzeit vertrat, zog verstört die Nase kraus, während Klara die Einwegunterlage, Feuchttücher und eine frische Pampers auf dem Büroteppich auslegte. »Bitte entschuldigt, aber das muss jetzt sein.«

»Kein Problem, meine Liebe«, beruhigte Waltraud

sie. »Ein Kind zeigt uns doch immer wieder, was im Leben Priorität hat.« Waltraud war einfach die beste, weil mitfühlendste Chefin der Welt. Für sie zu arbeiten fühlte sich gar nicht wie Arbeit an.

Kurze Zeit später fanden sie sich in einem Stuhlkreis zusammen, meditierten für drei Minuten gemeinsam – so gut das eben mit einem brabbelnden Baby im Raum ging – und kamen zur Sache.

»Meine Lieben, ich muss euch heute etwas erzählen, was die Schwingungen in diesem Raum erschüttern und unser aller Leben verändern wird. Aber ich bin mir sicher, dass jede schlechte Nachricht einen Sinn hat und für jeden etwas Positives hervorbringt.«

»Du machst es aber spannend.« Romy wünschte sich, Waltraud käme endlich auf den Punkt. Einsamer-Wolf79 würde sicher nicht ewig auf sie warten.

Waltraud atmete tief durch und legte Daumen und Zeigefinger an jeder Hand aneinander. »Wie ihr wisst war ich letzten Monat mit meinem Mann in Indien und da haben wir etwas ganz Außergewöhnliches erlebt.«

Bestimmt berichtet sie gleich von einem Chanelling mit irgendeiner Gottheit oder so, dachte Klara belustigt, während sie Julius mit seiner Bärchenrassel unterhielt und er fröhlich auf ihrem Schoß strampelte. So kräftezehrend ihr neuer Job als Mama auch war – es war auch wunderschön.

»Sagt euch die Palmblattbibliothek etwas?«

Gustav guckte gar nicht wie immer wie ein nervöser Hamster, sondern schaute nur still zum Büroteppichboden.

»Kurz erklärt kann man in der Palmblattbibliothek

alles über sein Leben erfahren. Sowohl alles, was bisher geschehen ist als auch alles, was noch kommen wird.« Nach einer Pause fügte sie betroffen hinzu: »Und ich weiß jetzt, wann ich sterben werde.«

»Was?!«, stießen Romy und Klara zeitgleich hervor und Julius blieb vor Schreck das Gebrabbel im Hals stecken.

Gustav schien bereits eingeweiht zu sein und blickte nicht einmal auf. Waltrauds Worte berührten ihn anscheinend sehr, obwohl er nicht gerade ein Fan von ihr war. Immerhin war sie seine Mutter, die ihn damals nach seiner Geburt verstoßen hatte.

Waltraud fuhr fort. »Natürlich hatte ich mir wie jeder andere gewünscht, dass mein Lebensende noch viele Jahrzehnte entfernt liegt, aber anscheinend ist mir ein langes Leben nicht vergönnt.« Sie schluckte.

»Und wann... wie...« Klara versuchte, nicht zu neugierig zu klingen, nicht zu erschrocken zu wirken und weiter Julius bei Laune zu halten.

»Die Details möchte ich euch ersparen. Mir bleibt nicht mehr viel Zeit, so viel kann ich euch sagen, deshalb...«

»Wie sicher ist das denn, dass die dir keinen Quatsch erzählt haben?« Romy wurde wütend. Sie mochte Waltraud und konnte mit allzu esoterischem oder gar übersinnlichem Kram wenig anfangen – erst recht nicht, wenn sich eine so tolle Frau davon gravierend beeinflussen ließ.

»Romy, ich fühle, dass du mich beschützen möchtest, aber ich glaube an die Informationen, die ich erhalten habe und nehme mein Schicksal an.« Waltraud legte ihr eine Hand aufs Knie. »Ich lade dich ein, mir weiter zuzuhören und auch dein Schicksal anzunehmen.« An die Gruppe gewandt kam sie endlich zur Pointe. »Da ich wie gesagt nicht mehr sehr lange leben werde, möchte ich diese Zeit natürlich bewusst nutzen und ich habe entschieden, »Höhepunkt« zu verkaufen.«

»Was?!«, kam es wieder von Klara und Romy.

»Und sollte niemand von euch über eine ungeahnte Kaufkraft verfügen, habe ich bereits einen Käufer gefunden. In einer Woche unterschreibt Dr. Schilling den Übernahmevertrag und danach könnt ihr ihn kennenlernen.«

»Halloooo! Da ist ja der süße Julius! Na? Woooo ist er? Daaaa!« Leonore und Herbert besuchten ihren Enkel so oft wie möglich, was ihnen gut tat, um mit dem Verlust ihres Sohnes zurechtzukommen und was Klara gut tat, um überhaupt zurechtzukommen. Ihre blonden langen Haare trug sie nur noch zu einem typischen, zotteligen Knoten und trug den immer gleichen fleckigen Stillpullover.

»Hallo Mama, hallo Papa.« Dankbar gab sie Julius direkt an ihre Mutter weiter. »Julius möchte heute nur auf dem Arm sein und ich komme zu gar nichts. Hier sieht's aus wie Sau, deshalb...«

»Wo ist denn unser Julius?« Herbert hielt sich die Hände vor die Augen, bis Leonore theatralisch »Da!« rief. Julius gluckste und hatte den Trick anscheinend noch nicht durchschaut.

»Möchtet ihr was trinken? Oder-«, startete Klara einen neuen Versuch, Konversation zu betreiben.

»Wer hat ein Kille-kille-Bäuchlein? Der Julius? Der kleine Julius?« Ihre Eltern gingen total ab.

»Geht doch schon mal ins Wohnzimmer. Ich versuche mal kurz, die Küche aufzuräumen, weil...«

»Daaaa ist das Kille-kille-Bäuchlein!«, krähte ihre Mutter verzückt, während ihr Vater seinen eigenen Bauch herausstreckte und darauf herumtrommelte.

Klara gab es auf und verzog sich in die Küche. Auf der Spülmaschine stapelte sich das dreckige Geschirr, weil selbige voll mit Sauberem war. Der Anfang vom Ende, was Ordnung betraf. Und weil sie gerade ihre ersten Breiversuche unternommen hatte, lagen auf der Arbeitsplatte der orangeverkrustete Pürierstab, Beikostrezepte und benutzte Babylöffel herum. Bisher hatte Julius alles verschmäht, was nicht zu 100% aus Muttermilch bestand. Aus dem Wohnzimmer drang auf einmal unglückliches Geschrei. Klara warf den Lappen unbenutzt wieder in die Spüle zurück und steuerte auf ihren Sohn zu.

»Komm, gib ihn mir.« Kaum hatte sich Julius an Klaras Schulter geschmiegt, hatte er sich schon beruhigt.

»Also, ich frage mich, ob euer Bindungsverhalten gesund ist, mein Schatz«, richtete sich Leonore an ihre Tochter. »Die kleine Stella von Nebenan geht problemlos von Arm zu Arm und muss nicht ständig von ihrer Mutter durch die Gegend geschleppt werden.«

Klara atmete tief durch. »Mama, muss das jetzt sein? Ich...«

»Ich frage mich ja nur, wer hier wen braucht. Kinder

merken es, wenn die Mütter sich nicht lösen können.«

»Mama, wenn du damit nicht aufhörst, möchte ich mich gleich von dir lösen.« Julius sollte ihren aufkeimenden Ärger nicht mitbekommen, weshalb sie ihre Stimme sanfter klingen ließ, als es in ihr aussah.

»Liebes, du fühlst dich von mir angegriffen, weil ich dir einen Spiegel vorhalte, was für die meisten Menschen unangenehm ist«, schwafelte Leonore mit ihrer Therapeutenstimme.

»Ist krampfhaftes Analysieren der Mitmenschen eine anerkannte Störung in deinem Beruf, Mama?« Ihre Beherrschung war am Ende.

Leonore guckte pikiert. »Das ist jetzt ganz schön...«

»Wenn Julius weint, dann nehme ich ihn auf den Arm und es ist mir egal, was irgendwelche Psychofuzzies irgendwann einmal darüber erforscht haben. Ich bin müde, die Wohnung steht Kopf, mein Job steht auf der Kippe und ich hab jetzt keine Lust, mir auch noch Probleme einreden zu lassen, die gar nicht existieren!« Mit jedem Wort war sie lauter geworden.

»Dein Job steht auf der Kippe?«, schaltete Herbert sich ein und brachte wieder Sachlichkeit in die aufgeheizte Atmosphäre.

»Ja. Waltraud verkauft die Beratungsstelle.« Leicht wippend hatte Klara den Eindruck, dass Julius' Augen schwer wurden.

»Waltraud ist ja so eine tolle Frau«, schwärmte Leonore, als hätte sie die Tragweite ihrer Entscheidung gar nicht erfasst.

»Ja, natürlich ist sie toll, aber der Verkauf beeinflusst

uns alle.«

»Wie geht denn Romy damit um? So ein tolles Mädchen!«

Mama ist mal wieder von allen anderen beeindruckt, außer von ihrer eigenen Tochter, dachte Klara genervt. »Sie findet es auch scheiße, aber sie hat auch kein Kind. Ihre Situation ist ganz anders als meine.«

Leonore lehnte sich auf dem Sofa zurück. »Ich weiß noch, dass Florian auch mal in so einer Klemme steckte.«

Und jetzt noch eine Florian-Geschichte, wand sich Klara innerlich. Immer mehr hatte sie den Eindruck, dass ihre bloße Anwesenheit ihre Eltern daran erinnerte, dass sie bis vor einigen Monaten eigentlich zwei Kinder hatten.

»Sein Chef zog weg, ein Neuer kam und krempelte den ganzen Laden um.«

»Kannst du etwas leiser sprechen? Julius döst gerade ein.« Oder würdest du einfach komplett den Mund halten? Das wär am besten.

»Na klar«, flüsterte ihre Mutter und hielt sich ihren Zeigefinger vor den Mund. Mit glasigen Augen schaute sie vor sich hin und fuhr fort: »Florian hat ihm damals ordentlich Paroli geboten und gezeigt, wer die besseren Karten hat.«

Bevor er sich nach jahrelanger Depression das Leben genommen hat, ergänzte Klara still. Sie wusste, dass es für die Trauerbewältigung wichtig war, über ihren Bruder zu sprechen und wie viele Hinterbliebene neigten auch ihre Eltern dazu, sich nur noch an seine positiven Eigenschaften zu erinnern. Trotzdem hätte sie heute echte Rückendeckung gebraucht, anstatt wie so oft Geschichten über ihren glorreichen Bruder zu hören und selbst kritisiert zu werden.

»Ohhhhh, wer wird denn da wach? Der süße kleine Julius?« Leonores Stimme schwang genauso um wie glücklicherweise das Thema. »Klara, wir müssen jetzt leider wieder fahren. Wie immer war es reizend bei euch.« Sie kniff Julius leicht in seine Wange. »Und wenn du doch nochmal etwas über die Bindungstheorie erfahren möchtest, bin ich dir wegen vorhin nicht böse und gerne bereit, dir Tipps zu geben.« Da war er – der abschließende Seitenhieb.

WonderWoman32: »EinsamerWolf79, bist du da?« Romy hatte es sich auf ihrem Sofa gemütlich gemacht. Nach der Hiobsbotschaft von Waltraud brauchte sie ein paar Streicheleinheiten für ihr Gemüt. Soul Food in Form von kandierten Nüssen – Nüsse waren schließlich voll von gesunden Fetten – und Schokolade – der Zartbittervariante wegen der Pflanzenstoffe – sollte ihr den Abend versüßen. Draußen war es bereits dunkel und der Winter kehrte für einen letzten eisigen Besuch in diesem Jahr zurück.

EinsamerWolf79: »Hallo meine Schöne, natürlich! Ich habe schon auf dich gewartet! Wie geht es dir?«

Obwohl sie noch keine Fotos ausgetauscht hatten und er keine Ahnung von ihrem Aussehen haben konnte, fühlte sie sich albernerweise geschmeichelt. Gerade in Zeiten, in denen sie selbst ihre schärfste Kritikerin war, was ihr Äußeres betraf, tat jedes lobende Wort von außen gut.

WonderWoman32: »Nicht so gut. Darf ich dir mein Herz ausschütten?«

EinsamerWolf79: »Immer. Vielleicht kann ich dir ja helfen...«

WonderWoman32: »Es geht um meinen Job. Die Firma wird verkauft und alles könnte sich ändern. Dabei war meine Chefin immer das Herz des ganzen Unternehmens.«

EinsamerWolf79: »Das tut mir leid.«

WonderWoman32: »Danke.«

EinsamerWolf79: »Darf ich dir einen Rat geben?«

WonderWoman32: »Her damit!«

EinsamerWolf79: »Jede berufliche Station ist doch nur eine Etappe von vielen. Veränderungen gehören zum Leben dazu und zeigen uns, wo unsere Reise hingehen könnte.«

WonderWoman32: »Und das heißt?!«

EinsamerWolf79: »Nimm es nicht so schwer. Wenn du mal alt und grau bist, wirst du darüber lachen.«

WonderWoman32: »Danke für die Weisheit, Opa! ;-)«

EinsamerWolf79: »Gerne, Frechdachs!«

Romy kicherte. Tatsächlich hatten ihre Großeltern sie immer so genannt. Bisher hatte sie es genossen, sich hinter der völligen Anonymität des Internets zu verstecken. Das machte das Flirten locker und einfach. Jetzt wollte sie endlich mehr über den Mann erfahren, der ihr Leben im Moment so viel schöner machte.

WonderWoman32: »Wie heißt du eigentlich im echten Leben? Oder ist dir das zu intim?«

EinsamerWolf79: »Intim wäre die Frage, was ich gerade anhabe (einen Schlafanzug mit dunkelblauen

Blockstreifen). Ich heiße Paul. Und du?«

WonderWoman32: »Romy.«

EinsamerWolf79: »Und weiter?«

WonderWoman32: »Sind wir schon beim Nachnamen?«

EinsamerWolf79: »Nein. Aber ich will jetzt auch wissen, was du gerade trägst!«

Romy überlegte und schaute an sich herab. Die ehrliche Variante bestehend aus Wollsocken, Flanellnachthemd und Bademantel war so wenig sexy wie das Maurerdekollté eines verschwitzten LKW-Fahrers.

WonderWoman32: »Nichts als Wimperntusche und Ohrringe.«

EinsamerWolf79: »Ernsthaft?«

WonderWoman32: »Klar! Wieso?«

EinsamerWolf79: »Du könntest dich erkälten.«

WonderWoman32: »Gute Nacht, Opa!«

EinsamerWolf79: »Schlaf schön, Frechdachs!«


Der Duft von frischem Popcorn gehörte für Franziska genauso untrennbar zu einem Kinobesuch dazu wie gemütliche Sessel und spektakuläre Previews. Auf fremde Frauen, die andauernd Pierre grüßten und danach mit der eigenen Begleitung tuschelten, hätte sie allerdings gut verzichten können.

»Als Gynäkologe kenne isch nun einmal viele Frauen in der Gegend«, erklärte Pierre entschuldigend. »Das müsstest du doch auch kennen, mon Chérie.«

»Ja sicher, aber meine Kundinnen gehen abends nicht aus, sondern sitzen mit ihren Babys zu Hause.«

Natürlich konnte er nichts dafür, dass die Damenwelt auf ihn reagierte, wie auf den Schlussverkauf bei zalando. Trotzdem spürte sie einen Anflug von Eifersucht.

Sie schauten sich einen französischen Film an, dem sie nur schwer folgen konnte, weil sie damit beschäftigt war, den deutschen Untertitel zu lesen. Der Film hatte bei den Filmfestspielen in Cannes gut abgeschnitten und zählte Franziskas Meinung nach eher in die Sparte »Kunst« als »gemütlicher Kinoabend«. Obwohl sie eher auf europäische Königshäuser als auf zähe Literatur stand, bot ihr die Handlung eine optimale Vorlage für ein Thema, das sie schon längst hatte ansprechen wollen.

»Und? Wie hat dir der Film gefallen?«, fragte Franziska auf dem kurzen Weg vom Kino zum Parkhaus und schlug den Kragen ihrer dicken Jacke fest um ihren Hals.

»Oh, formidable! Isch liebe dieses Flair und die Schauspieler und...«

»Ich meinte die Geschichte. Wie fandest du die Handlung?«, drängte sie ihn in eine andere Richtung.

»Oh, trés bien! Ein Mann, der seine große Liebe trifft und...«

»...sie seiner Familie vorstellt.«

»Oh, darauf willst du 'inaus.« Pierre schien zu begreifen.

»Ja. Tut mir leid, wenn ich jetzt so mit der Tür ins Haus falle, aber wir sind bald seit sieben Monaten ein Paar. Immer, wenn jemand aus meiner Familie uns einlädt, hast du keine Zeit. Und deine Familie wohnt in

Frankreich und kommt auch nicht ständig vorbei.« Es war nicht so, dass sie besonderen Wert auf ihre Familie legte, aber sie war überzeugt, dass ihre Eltern von Pierre begeistert sein würden. Schon immer hatten sie sich jemanden wie ihn für ihre Tochter erträumt. Dabei ging es ihnen nicht um jemand Einfühlsames, der Franziska glücklich machte, sondern um jemanden, der viel Geld und ein gutes Ansehen mitbrachte. Von klein auf hatten sie große Pläne für ihr einziges Kind geschmiedet und hatten enttäuscht reagiert, als sie »nur« Hebamme werden wollte, statt Neurochirurgin oder Spezialistin bei der NASA oder so. Pierre mit seinem blütenweißen Kittel, seinem Arztgehalt und dem Doktortitel würde Franziskas defizitären Lebenslauf in den Augen ihrer Eltern bestimmt wieder glattbügeln.

Pierre schaute sich hilfesuchend um. »Mon coeur, wovor 'ast du Angst?«

Jetzt war sie diejenige, die herumdruckste. »Naja, ich weiß nicht. Dass es dir mit mir nicht ernst ist, glaube ich.«

»Würde isch dann an einem Samstagabend mit dir in die Primetimevorstellung ins Kino ge'en? Wo wir so viele Menschen treffen können, die uns kennen?« Gutmütig blickte er ihr in die Augen und hielt ihr Gesicht mit beiden Händen fest. »Isch liebe disch. Über alles.«

Franziska kam sich jetzt richtig doof vor und fragte sich, ob sie sich da in etwas reingesteigert hatte. »Okay. Du hast recht. Ich liebe dich auch. Vielleicht könnten wir ja...« Diesmal war es ihr Handy, das sie unterbrach.

»Hebamme Franziska hier, hallo?« Sie lauschte, nickte und sagte entschlossen: »Wir sind in zehn Minuten da.«

Klara saß wie ein Häufchen Elend auf dem Bett, als Franziska und Pierre bei ihr eintrafen.

»Komm erstmal in den Arm.« Franziska drückte ihre Mitbewohnerin und Patientin an sich, während Pierre ihr ein Taschentuch reichte. »Und jetzt erzähl mal, wie es dir geht.«

»Also, normalerweise trinkt Julius ja wie ein Weltmeister an meiner Brust, aber seit gestern hat er irgendwie weniger Appetit.« Geräuschvoll zog sie die Nase hoch. »Und seit heute Nachmittag hab ich so komische Rötungen auf der Brust.«

»'Ast du auch Schwellungen? Oder Schmerzen?«

»Schwellungen ja, richtige Schmerzen zum Glück nicht. Aber vor einer Stunde hab ich Fieber gemessen, weil ich mich so schlecht gefühlt hab. Und da hatte ich 38,2.«

»Klingt nach einem ernsten Milchstau.« Franziska zog sich die Jacke aus und setzte sich zu ihr aufs Bett. »Pierre, kümmere du dich bitte um Julius. Ich möchte in Ruhe mit Klara reden.«

Pierre gehorchte und nahm das müde Kind an seiner Schulter mit ins Wohnzimmer. In beruflichen Dingen ließ Franziska keinen Raum für Diskussionen.

»Dann erzähl mal, was bei dir in letzter Zeit los ist. Abgesehen von den Stillproblemen.«

Klara schniefte. »Ich bin ein nervliches Wrack. Lorenz ist als Vater überhaupt nicht zu gebrauchen.

Meine Eltern gehen mir jedes Mal mehr auf die Nerven, als dass sie helfen. Wie es in einem halben Jahr mit meinem Beruf weiter geht, steht seit Neustem in den Sternen. Und als wär das nicht alles schon ätzend genug, muss ich auch noch nächstes Wochenende Lorenz' Familie treffen.« Die Tränen, die sie gerade im Griff zu haben glaubte, schossen ihr wieder in die Augen. »Ich fühle mich so dermaßen alleingelassen und überfordert. Es kommt mir vor, als würde mich die Last der Verantwortung in die Knie zwingen.«

»Okay.« Franziska streichelte ihr beruhigend den Rücken. »Wir machen Folgendes: Du ziehst dich jetzt aus und legst dich mit dem nackigen Julius ins warme Bett. Und da bleibt ihr ein paar Tage, bis es dir und deiner Brust besser geht. Und in der Zeit bist du für keinen, der dich nervt, erreichbar, klar?«

Klara nickte.

»Ganz viel Ruhe und stillen sind die besten Mittel gegen einen Milchstau.«

»Aber wie stellst du dir das vor? Soll ich mich tagelang vom Pizzataxi bewirten lassen?«

»Nein.« Franziska hatte einen Plan. »Ich aktiviere Romy. Zu zweit kriegen wir euch schon versorgt. Wir lassen euch weder verhungern noch verdrecken. Und jetzt ab ins Bett mit dir.« Wie eine Mama deckte sie Klara zu und legte ihr eine Hand auf die Stirn. »Ich verpasse Julius noch schnell eine frische Windel und dann bringe ich ihn dir. Mach dir keine Sorgen. Alles wird gut.« Insgeheim war Franziska dankbar, dass sie vorhin aus der Situation mit Pierre gerettet wurde. In ihrem Job fühlte sie sich momentan viel kompetenter als in ihrer Beziehung. Konnte sie tatsächlich gut zwischen Pierres Zeilen lesen oder interpretierte sie zu viel hinein? Wann war der Grat dazwischen so schmal geworden?

»Danke«, murmelte Klara bereits im Halbschlaf. Sie hatte völlig vergessen, wie schön es war, von jemandem umsorgt zu werden. Noch konnte sie nicht wissen, dass diese Situation in wenigen Monaten ihr Leben verändern würde.

# APRIL

Aggression, die:
Gefühl, wenn die Zeugen Jehovas
das Kind aus dem Mittagsschlaf klingeln,
um ihren Ostervortrag zu promoten

Klara klingelte bei ihren zukünftigen Ex-Schwiegereltern und betrachtete dabei ihren Sohn, der gerade
selig in der Autoschale eingeschlafen war. Gestern
Abend, als sie dringend Zeit für sich gebraucht hätte,
war er nach erfolgreichem in-den-Schlaf-Stillen wieder
aufgewacht, als einer der Nachbarn die Mülltonnen mit
lautem Geklapper an die Straße gestellt hatte. Den Satz
»Ich habe geschlafen wie ein Baby« hatte sie
anscheinend Zeit ihres Lebens falsch benutzt und
falsch verstanden. Trotzdem ging es ihr dank Romys
und Franziskas Pflege in der letzten Woche viel besser.
Brust und Seele waren wieder hergestellt.

Auf das Sonntagskaffeetrinken bei Lorenz' Eltern
hätte sie jedoch gut verzichten können. Zwischen ihr
und Lorenz herrschte zwar kein Krieg, aber es
knirschte jedes Mal, wenn sie sich sahen. Natürlich
hatte er recht damit, dass Julius all' seine Großeltern
kennenlernen sollte, allerdings hätte sie ihrem Sohn die
Provokationen und blöden Sprüche von Opa Konrad
gerne erspart.

Hildegard öffnete ihr flüsternd die Tür. »Hallo Klara,
ich muss dir ganz schnell was sagen, bevor du rein
kommst!«

Klara nickte verdutzt und lauschte gespannt. Mit ihr kam sie zum Glück super zurecht.

»Lorenz hat seine neue Freundin mitgebracht, ohne mich vorher einzuweihen.«

»Er hat eine neue Freundin?« Sie liebte ihn nicht mehr und wollte ihn nicht mal für Geld zurück haben, trotzdem fühlte es sich eigenartig an. Immerhin hatten sie ein gemeinsames Kind und waren immer noch verheiratet.

»Ja. Ich habe es auch erst heute erfahren und wollte dich nur vorwarnen. Komm, gehen wir rein.«

Ihr bot sich ein altbekanntes Bild. Konrad Weber thronte auf seinem dunkelgrünen Samtsessel in seiner Lieblingsposition, in der er Dominanz und Überheblichkeit ausstrahlte. Lorenz und sein Zwillingsbruder Alexander saßen ihm kerzengerade wie Schuljungen gegenüber und hörten ihm gehorsam zu.

»Das muss man sich mal auf der Zunge zergehen lassen. Nach 38 Jahren fällt dieser Schauspielerin ein, dass sie von diesem Regisseur missbraucht wurde und jetzt stimmen alle anderen halberfolgreichen Mäuschen in diesen Quatsch mit ein, um endlich auch mal wieder in der Presse zu landen.« Konrad schnaubte. »Entweder sollen die sowas sofort sagen oder gar nicht. Der arme Kerl wandert vielleicht noch mit 75 ins Gefängnis – lebenslänglich, pah! - , weil die Weiber damals ihr Maul nicht aufbekommen haben.«

Klara schluckte ihren Ärger herunter und bedankte sich stumm für ihren damaligen Mumm, Lorenz verlassen zu haben. Dann sah sie sie.

»Klara, hallo, äh, das ist Nele, meine Freundin.«

Klara hatte alles erwartet, aber nicht das. Eine Frau, die aussah wie eine jüngere Version von ihr selbst, ohne Augenringe und Lüllerflecken auf der Schulter, war aufgestanden und schlängelte sich jetzt zwischen Sofa und Couchtisch her.

»Herr Weber, bitte merken Sie sich, was Sie gerade von sich gegeben haben. Da möchte ich gleich unbedingt etwas zu sagen. Hallo Klara, ich bin Nele Buchholz.«

»Hallo.« Klara war perplex.

»Ach, meine Schwiegertochter lässt mich endlich auch mal an meinem Enkelsohn teilhaben. Klara, Julius.« Konrad rührte sich keinen Millimeter oder kam ihnen gar entgegen. »Wie alt ist er jetzt? Neun Monate?«

»Sieben.«

»Von mir aus. Und Frau Buchholz, Sie wollten mir noch etwas mitteilen?«

Bevor Nele ihm ihre Meinung bezüglich seiner Einstellung zum Thema sexuellen Missbrauchs mitteilen konnte, schaltete sich Hildegard ein. »Ihr Lieben, ich habe gebacken. Lasst uns doch erstmal was essen, ja?« Offensichtlich versuchte sie, den aufkommenden Streit im Keim zu ersticken. »Klara, Nele, was möchtet ihr trinken?«

»Hildegard, wir siezen Frau Buchholz. Das Du muss sie sich erst verdienen.« Konrad zog skeptisch die Augenbrauen zusammen. Klara hatten sie erst nach vier Jahren das Du angeboten.

Hildegard stammelte aufgebracht herum. »Ach Konrad, jetzt stell dich doch nicht so an. Ich breche mir doch keinen Zacken aus der Krone, wenn Nele und ich uns duzen.« Sie wischte sich die Hände an der geblümten Küchenschürze ab, die sie vor zwei Jahren von Klara zu Weihnachten bekommen hatte. »Kommt ihr? Die Sahne wird...«

»Danke Hildegard«, schaltete sich Nele wieder ein. »Und was ich vorhin zu dir sagen wollte, Konrad...«

»Herr Weber.« Seine Stimme klang scharf und schneidend. Klara war noch nicht einmal dazu gekommen, ihre Jacke auszuziehen oder Julius aus der Schale zu nehmen und fühlte sich schon unwohl in diesem Haus. So schön es auch war, wenn Julius friedlich schlummerte – jetzt gerade betete Klara darum, er möge aufwachen und sie mit irgendetwas dazu zwingen, sofort wieder nach Hause fahren zu müssen.

»Von mir aus. Herr Weber, sind Sie selbst schon einmal Opfer von sexueller Gewalt gewesen?« Die traute sich ja was.

»Nele, bitte...«, flehte Lorenz seine Neue an, sich bei seinen Eltern zu benehmen. Warum suchte er sich auch immer wieder Frauen mit eigener Meinung und Courage?

Konrad räusperte sich. »Frau Buchholz, bitte, als könnte ich mich als Mann nicht wehren, wenn jemand tatsächlich...«

»Dann haben Sie also keine Ahnung, wie sich diese Frauen fühlen und maßen sich trotzdem eine Meinung dazu an?«

»Nele, das ist doch lächerlich.« Lorenz schien sich für sie zu schämen, was wiederum Klara auf die Palme brachte.

»Ich finde das gar nicht lächerlich, Lorenz«, pflichtete Klara Nele bei. »Zum einen gibt es tatsächlich Männer, die Opfer sexueller Gewalt werden und zum anderen...«

»Das sind doch aber keine richtigen Männer!«, warf Lorenz die altbekannte Leier an.

»Lorenz, das ist doch hoffentlich nicht dein Ernst!« Nele lernte ihren neuen Freund gerade erst richtig kennen, wie es schien.

»Alexander, was sagst du denn dazu? Als Polizist hast du doch ständig mit Gewalt zu tun«, wandte Klara sich an ihren schweigsamen Schwager und beobachtete, wie Alexander und Konrad schnell Blicke tauschten.

»Also, ich...«, stammelte er herum. Dass er seinem Vater nicht in den Rücken fallen würde, war von Vornherein klar.

»Und wenn ich Sie richtig verstanden habe, werden Frauen nur zum Opfer, weil sie sich gegen männliche Täter nicht wehren können. Sind dann nicht doch die Täter die Arschlöcher, weil sie sich am schwachen Geschlecht vergreifen?« Nele ließ nicht locker.

Konrad schaute langsam verwirrt und schien nicht zu wissen, auf welche ihrer Thesen er antworten sollte. Vielleicht war er auch von ihrer Ausdrucksweise erschrocken.

»Sag mal, Nele, bist du zufällig Anwältin?«, fragte Hildegard leise.

Nele schüttelte den Kopf. »Nee, ich bin Fitnesskauffrau. Wieso?«

»Weil du meinen Mann gerade auflaufen lässt.«
Klaras Schwiegermutter zwinkerte und schien es zu
genießen, dass die Geschlechter in diesem Haus
endlich einmal zahlenmäßig ausgeglichen waren.

»Also, Frau Buchholz, erstens verbitte ich mir diesen
Ton in meinem Haus und zweitens...«

Wie aus dem Nichts fing Julius an zu weinen - na
endlich! So ohrenbetäubend, dass Klara den Rest der
Diskussion nicht mehr mitbekam. Julius sei Dank. Ein
Baby zu haben war so ungemein praktisch.


»Was trägt Julius denn da um den Hals?«, wollte
Lorenz wenig später wissen, als Klara mit dem wieder
beruhigten Kind auf dem Arm zum Esszimmertisch
zurück kam. Die Atmosphäre war immer noch
aufgeladen, auch wenn die Diskussion abgeebbt war.

»Eine Bernsteinkette. Die soll das Zahnen erleichtern.«

Konrad guckte belustigt. »So ein Quatsch. Hildegard,
was hast du den Kindern damals auf das Zahnfleisch
geschmiert, wenn die Schmerzen hatten?«

Hildegard war gerade dabei, Klara ein Stück
Marmorkuchen abzuschneiden und schien seine Frage
zu ignorieren. Vielleicht ging er ihr mit seinem
veralteten Frauenbild auch langsam auf die Nerven.

»Ich kann mir denken, was ihr damals benutzt habt,
danke. Ich probiere erstmal andere Methoden.«

»Wie ist denn so das Leben mit einem Baby?«, fragte
Nele keck. Lorenz wich dabei die Farbe aus dem
Gesicht als befürchte er, einen Hauch von Kinder-
wunsch in Neles Stimme gehört zu haben.

»Das Schönste und das Anstrengendste, was man erleben kann«, antwortete Klara wahrheitsgemäß. »Und als Alleinerziehende ist es eben noch härter. Ohne der Unterstützung von Hildegard und meinen Eltern würde ich durchdrehen.«

Lorenz guckte, als wüsste er nicht, ob er sich und seine väterliche Ehre verteidigen oder lieber den Mund halten sollte. Schließlich kam er alle Jubeljahre zum Spielen vorbei, was ihm seiner Meinung nach hoch angerechnet werden müsste.

»Ach ja, du bist ja Single! Also, verheirateter Single, aber halt Single«, redete sich Nele um Kopf und Kragen. »Falls du das ändern möchtest: in dem Fitnessstudio, in dem ich arbeite, findet nächste Woche ein Flirt-Event statt. Fitness meets Flirten sozusagen. Warte mal, ich hab sogar...« Aus ihrer Handtasche zog sie einen Flyer heraus. »...das hier dabei. Das Event war meine Idee. Ich hab das alles organisiert und würde mich freuen, wenn du kommst!«

Dass Klara von der neuen Freundin ihres zukünftiges Ex-Mannes einmal zu einer Datingveranstaltung eingeladen werden würde, hätte sie nicht gedacht.

»Das ist nicht dein Ernst!« Romy saß im Schneidersitz neben Julius' Krabbeldecke und wedelte mit Neles Flyer vor seiner Nase herum. »Die neue Flamme von Lorenz arbeitet im »Fit for Life« und hat dich zu der Single-Party eingeladen?« Julius guckte begeistert zu, wie Romy ihre Hände bewegte. »Das Studio ist ja quasi mein zweites Zuhause und zu der Party will ich auch auf jeden Fall.«

»Warum? Ich dachte, du hast deinen einsamen Wolf an der Angel.«

»Ja, aber die Party ist sozusagen Liebeskummer-prävention. Ich versteife mich schon viel zu sehr auf ihn, ohne ihn richtig kennengelernt zu haben. Festhalten und Weitersuchen hält meinen Blick offen für andere.« Romy klatschte für Julius »Backe, backe Kuchen«. »Oh Klara, das wird zusammen viel mehr Spaß machen!«

»Du glaubst doch nicht wirklich, dass ich da hingehe?« Klara hielt inne, während sie dabei war, frisch gewaschene Bodys zu falten.

»Wohin?« Franziska steckte ihren Kopf durch die Tür. Sie hatte rote Wangen und schien vor Euphorie zu glühen.

»Zu einem Event in einer Muckibude, um mit aufgepumpten Typen zu flirten und mit Sixpack-grazien zu konkurrieren.«

»Du steckst voller Vorurteile, Klara.« Romy presste pikiert die Lippen aufeinander. »Vielleicht macht es dir ja sogar Spaß! Und irgendwann willst du doch auch mal wieder aufs Pferd steigen, oder?«

»Was für ein Pferd?« Klara rollte kleine Söckchen zusammen.

»Na, du willst dir doch nicht für immer nur mit deinem Sohn das Bett teilen, oder?«, ließ Romy nicht locker.

»Ach, du meinst Sex?«

»Na endlich hast du es begriffen.« Romy warf ihre Hände in die Luft, was Julius mit glücklichem Quietschen kommentierte. »Ich hatte neulich ein Paar in der Beratung, das seit der Geburt ihrer Tochter kaum noch Sex hatte und es jetzt nicht mehr klappt.«

»Sex wird doch sowieso überbewertet.« Franziska hatte sich mit einer riesigen Apfelschorle auf das Sofa gelümmelt. »Wenn daraus nicht so etwas Wundervolles wie Kinder entstehen würden, könnte man ihn auch sein lassen.«

»Gibt's Ärger im Petit Paradis, Chérie?«

»Noch nicht so richtig. Aber ich hab das Gefühl, dass etwas nicht stimmt. Irgendwas verheimlicht Pierre vor mir.«

Klara und Romy tauschten bedeutungsschwere Blicke. »Hast du einen konkreten Verdacht?«

»Hm, nein, ich glaube nicht.« Franziska seufzte. »Ich bin jetzt zu erledigt, um über Pierre und mich nachzudenken. Die Geburt gerade war so krass, aber auch so großartig – das muss ich erstmal sacken lassen.« Ihr Handy klingelte. »Hebamme Franziska am Apparat. Ja – okay – in welchem Abstand?« Nickte, hörte zu, erhob sich vom Sofa. »Ich komme sofort.« Sie steckte das Telefon in ihre Hosentasche und rief im Rausgehen: »Meine Pause ist vorbei. Bis nachher!«

»Hat Pierre dich auch eingeweiht?«, fragte Romy, nachdem die Wohnungstür hinter Franziska ins Schloss gefallen war.

»Ja.« Klara war jetzt beim Zusammenlegen der Spucktücher angekommen. »Er ist echt ein toller Typ.«

»Ja, das finde ich auch. Man, wird die Augen machen!« Romy riss die Augen auf und Julius kicherte über ihre Grimasse. »Also, kommst du nun mit?«

»Guten Morgen! Ich bin Bettina, eure Trainerin für die nächsten acht Wochen. Bitte stellt euch und eure kleinen Schätze doch kurz vor.«

Im pipiwarmen Chlorwasser sitzend schaute Klara sich um. Anders als erwartet entsprach keine der übrigen Mamas des Babyschwimmkurses irgendeinem Klischee. Es gab keine Überpädagogin, keine biologisch abbaubare Ökomutti und keine Sixpackmom. Sie alle sahen halbwegs ordentlich, durchschnittlich nett und mehr oder weniger erschöpft aus. In der Runde saß nur ein Exot.

»Hallo, ich bin Tristan und das ist meine Tochter Laila. Lailas Mama und ich leben getrennt und wechseln uns in diesem Kurs ab.«

Die Damen musterten ihn und lächelten aufmunternd, als wollten sie ihn für seinen Einsatz loben. Klara fand es immer wieder erstaunlich, wie stark ein einziger Mann die Atmosphäre in einer Frauenrunde verändern konnte. Irgendwie waren sie doch hormongesteuerter, als sich die verkopfte Erwachsenenwelt versuchte einzureden.

Nachdem sie sich einander vorgestellt hatten, fuhr Bettina den Hubboden des Beckens herunter und schmiss den Ghettoblaster an. Zu so fetzigen Kinderliedern wie »Häschen in der Grube« hüpften die Mamas - und Tristan - mit ihren Kindern auf dem Arm im Kreis und zogen die Kleinen durchs Wasser.

»Und jetzt malt ihr mit den Kindern im Wasser eine Acht«, befahl Bettina hochmotiviert.

Klara spürte bei der Hüpferei deutlich ihren Beckenboden und erinnerte sich daran, dass sie dringend mit der zuständigen Gymnastik anfangen wollte. Der Rückbildungskurs war schon lange vorbei, aber ihr Beckenboden hatte sich noch immer nicht von der Belastung der Schwangerschaft und Geburt erholt.

Zum Abschluss der Stunde wurden kleine Planschbecken mit Bällen befüllt und auf das Wasser geschoben. »Zeit für Babywellness«, flötete Bettina.

Laila und Julius lagen gemeinsam in einem Becken und lutschten auf den Bällen herum.

»Ist ja ganz lustig hier«, begann Tristan das Gespräch.

»Ja«, entgegnete Klara sehr kreativ. »Wie alt ist Laila?« Das war das Praktische daran, wenn man Kinder hatte. Sie konnten immer für ein Gesprächsthema herhalten, wenn einem gerade nichts Besseres einfiel.

»Fünf Monate. Und Jonas?«

»Julius«, korrigierte Klara, worauf Tristan sich mit erhobenen Händen entschuldigte. »Sieben Monate.«

»Ist schon eine ganz schöne Umstellung, 'ne?«

»Ja.« Das Gespräch zog sich wie Kaugummi. Beim nächsten Babywellness musste sie versuchen, sich mit einem anderen Mutter-Kind-Gespann zusammenzutun.

Tristan betrachtete seine Tochter mit zusammengekniffenen Augen. »Was ist das denn für ein Ausschlag?«

»Zeig mal.« Klara beugte sich rüber.

»Hier! Diese kleinen roten Punkte! Sind das vielleicht...oh Gott. Hat sie die Masern oder so?«

»Hat sie die nur hier hinten in der Nackenfalte?«

Tristan hob ihre Ärmchen und Beinchen an und Laila guckte fragend. »Ja, sieht ganz so aus.«

»Dann tippe ich mal auf Hitzepickel. Die hatte Julius auch schon mal.«

»Hitzepickel im April?« Tristan war noch nicht überzeugt.

»Naja, hier ist es ja total heiß drin – April hin oder her. Aber ich bin auch keine Kinderärztin, also…« Sollte er sich doch professionellen Rat holen, wenn er ihr nicht glaubte.

»Ihr Lieben, kommen wir zur Abschlussrunde!«

Die Planschbecken wurden wieder zur Seite geräumt, die Bälle eingesammelt und die Babys wieder durch's Wasser gezogen, diesmal zu »Alle Leut', alle Leut' geh'n jetzt nach Haus'«, bevor sie in die Umkleidekabinen entlassen wurden. Sich selbst und den übermüdeten Julius nach dem Schwimmen umzuziehen empfand Klara als puren Stress. Erst war ihnen nach dem Duschen eiskalt und kaum hatte Julius die erste Schicht an, stand ihr schon der Schweiß auf der Stirn. Sie war gerade dabei, die gefühlt tonnenschwere Babyschale und die Sporttasche mit den nassen Sachen zum Auto zu schleppen, als Tristan hinter ihr herrief.

»Kerstin, du hast was verloren!« Er bückte sich und hob vom Boden des Parkplatzes einen Zettel auf. Bei ihr angekommen trug er neben seinen Sommersprossen ein interessiertes Grinsen im Gesicht. Mit den Worten »Nicht, dass du das verpasst« gab er ihr den Flyer vom »Fit for Life« zurück.

»Danke.« Sie schämte sich und wusste nicht einmal, wofür.

»Du bist also auch Single?«

»Äh, ja, irgendwie schon.« Es war genau dieser Ausdruck in seinen Augen, mit dem sie gerade nicht angeschaut werden wollte. Er sah sie nicht an wie Freiwild, aber sein Interesse an der Mama, die sich mit Hautausschlägen auskannte, schien beträchtlich gewachsen zu sein.

Romy stellte den Teller mit Salat und Hähnchenbrust neben sich auf das Sofa, legte den Laptop auf ihren Oberschenkeln ab und loggte sich in das Datingportal ein. Obwohl sie sich vorgenommen hatte, den Diäten abzuschwören, konnte sie sich immer noch nicht dazu überwinden, abends Kohlenhydrate zu essen. Die erschienen ihr nach wie vor als zu gefährlich. Die Therapeutin, die sie Ende letzten Jahres nach Florians Suizid wegen ihrer Diätsucht aufgesucht hatte, hatte ihr empfohlen, einfach mal mit dem Diäthalten aufzuhören und zu schauen, was passiert. In einem weiteren Schritt sollte Romy dadurch erfahren, was ihr die Diäten in ihrem bisherigen Leben gegeben haben, was ihr also ohne Diäten fehlte. Was ihr fehlte hatte sie zwar noch nicht herausgefunden, allerdings hatte sie erleichtert festgestellt, dass sich an ihrem Körper nichts veränderte. Ob sie Diäten machte und dadurch Heißhungerattacken hatte oder einfach relativ normal aß und keine Attacken erlebte, machte für ihre Figur anscheinend keinen Unterschied. Und trotzdem konnte sie es nicht sein lassen. Zwanzig Jahre mit Kalorientabellen hatten einfach Spuren in ihrem Kühlschrank und in ihrer Seele hinterlassen.

EinsamerWolf79: »Hallo Romy, hier ist Paul. Ich sehe, dass du da bist! Du schreibst doch nicht etwa mit einem anderen, oder?«

WonderWoman32: »Hallo Paul, keine Sorge. Die anderen Waldtiere sind nicht halb so nett wie du. Besonders das Wildschwein muss es immer übertreiben ;-) Wie geht's dir und wie war dein Tag?«

EinsamerWolf79: »Danke, mich plagen die üblichen Gebrechen. Ich hatte heute mal wieder viel Zeit zum Nachdenken. Und wie war dein Tag?«

Romy stutzte. Wer hatte denn heutzutage noch Zeit zum Nachdenken?

WonderWoman32: »Du hast Zeit zum Nachdenken? Ich wüsste gerne, was du beruflich machst! Mein Tag war wie immer. Ich hatte mit Potenzproblemen und nichthormonellen Verhütungsmethoden zu tun.«

EinsamerWolf79: »Ach, ich arbeite im Garten, am Auto und im Haus... Und du??«

Das war ja wohl offensichtlich, dass er ihr nicht sagen wollte, was er machte. Hoffentlich tat er nichts Illegales oder so.

WonderWoman32: »Ich arbeite bei einer Sexualberatungsstelle. Noch zumindest. Morgen lernen meine Freundin und ich unseren neuen Chef kennen. Was hast du denn morgen vor?«

EinsamerWolf79: »Ach, im Garten arbeiten, am Auto, im Haus, Tagesschau gucken, lesen, das Übliche eben. Romy, ich hab noch eine Frage.«

Romy wartete. Und wartete.

WonderWoman32: »???«

EinsamerWolf79: »Was hast du heute Abend an?«

WonderWoman32: »Warum willst du das wissen?«

EinsamerWolf79: »Für mein Kopfkino.«

Hätte er geschrieben, dass er sie besser kennenlernen wollte, hätte sie ihm die ehrliche und in diesem Fall bequeme Wahrheit gesagt. Ihre Jogginghose schien ihr allerdings nicht kopfkinotauglich.

WonderWoman32: »Einen kurzen Kimono aus roséfarbener Seide und dunkelblaue Spitzenwäsche.«

EinsamerWolf79: »Danke. Du machst deinen Job bestimmt gut.«

WonderWoman32: »Wie soll ich das denn bitte verstehen?!«

EinsamerWolf79: »Na, weil du weißt, wie man Potenzprobleme aus der Welt schaffen kann ☺«

Romy fand seinen Humor manchmal skurril und lächelte verstört ihren Laptop an.

WonderWoman32: »Gute Nacht, mein Wolf.«

EinsamerWolf79: »Schlaf schön, meine Superheldin.«


»Und er wollte dir nicht sagen, was er beruflich macht?« Klara lief neben ihrer Freundin her. Sie befanden sich auf dem Weg zu ihrem neuen Chef, der in einem gläsernen Neubau sein Hauptbüro hatte. Julius wurde heute Nachmittag von Hildegard betreut, so dass Klara und Romy endlich mal wieder ungestört quatschen konnten.

»Nein, er hat immer ausweichend geantwortet. Aber das muss ja nichts Komisches heißen. Vielleicht will er einfach nur geheimnisvoll wirken oder so«, verteidigte Romy ihren Internetlover.

Klara war nicht überzeugt. »Romy, was würdest mir

raten, wenn wir die Rollen tauschen würden?«

Sie rollte mit den Augen. »Ich würde dir sagen, dass du zusehen sollst, dass du den Typen los wirst, weil das nach Außen hin zwielichtig und gefährlich klingt, aber bei mir ist das was anderes, weil...«

Sie waren am Empfang der riesigen, gläsernen Eingangshalle angekommen.

»Zu wem möchten Sie?«, fragte die knochige, stark geschminkte Dame hinter dem Tresen.

Klara guckte auf Waltrauds Notizen. »Zu einem Herrn Jens Schilling. Wir haben um drei einen Termin.«

Die Dame telefonierte und schickte die beiden zum Aufzug. »Neunter Stock, Raum »New York«.«

Der Fahrstuhl wirkte so edel, dass sie sich hier schon underdressed vorkamen. Trotzdem umspielte Romys Mund ein Lächeln.

»Worüber freust du dich denn so?« Klara stand diesem ganzen Unterfangen absolut skeptisch gegenüber.

»Naja, stell dir mal vor, unser Jens Schilling hier und mein Internetfreund wären die gleiche Person.«

»Ich denke, dein Typ heißt Paul.«

»Ja, stimmt, aber das muss ja nicht wahr sein. In Hollywood wäre es zumindest so. Dann würden wir uns zwar zuerst nicht mögen, würden uns dann aber immer besser kennenlernen und uns am Ende des Films küssend in den Armen liegen«, schwelgte Romy verträumt in ihrer Fantasie.

»Ja, wie du schon sagst: in Hollywood. Wir sind in Bielefeld, nur so zur Erinnerung.«

Die Aufzugtüren öffneten sich und sie traten in einen hellen Flur hinaus mit cremefarbenem Teppich und Kunstwerken in silbernen Rahmen an den Wänden. Die Tür des Raums »New York« stand weit offen.

»Da sind ja meine beiden neuen Damen. Hereinspaziert, ich bin Dr. Jens Schilling.« Er betonte seinen Vor- und Nachnamen und selbstverständlich seinen Doktortitel so, als sei er weltberühmt. Als hätte sich ihnen gerade Tom Cruise vorgestellt. Der sich ja vermutlich niemandem mehr vorstellen musste. Dr. Schilling war ein drahtiger Mann Mitte 40 im dunkelblauen Nadelstreifenanzug mit rotem Einstecktuch und polierten Lackschuhen. Sein dunkles Haar trug er mit viel Gel nach hinten gestriegelt und zwei seiner Finger zierten dicke, silberne Ringe. Er drückte an seinem Telefon auf einen Knopf und orderte seine Sekretärin herbei. »Cynthia, nimmst du bitte die Bestellung unseres Besuchs auf?«

Cynthia, eine junge Frau, die aussah, als wäre sie einem Film aus den Achtzigern entsprungen mit ihrem schwarzen Stretchminirock, den schwarzen Pumps und der roten, kurzen Schulterpolsterjacke, kam angetrippelt, nahm Klaras und Romys Jacken entgegen und fragte: »Was darf ich Ihnen zu trinken bringen?«

»Wir haben alles. Von Cappucino über Cola bis Cognac«, verkündete Dr. Schilling stolz.

»Äh, für mich bitte einen Latte Macciato.«

»Für mich auch«, schloss sich Klara an.

»Cynthia, für mich bitte einen Kaffee.«

»Wie immer, Sir?«

Hatte sie ihn wirklich gerade »Sir« genannt?!

»Ja, wie immer mit viel Zucker und viel Milch. Ich hab es gerne süß und blond«, ergänzte er mit einem anzüglichen Lächeln in Klaras Richtung, die innerlich zu würgen begann. »So, meine Damen. Schön, dass wir uns kennenlernen. Ich möchte direkt zur Sache kommen.«

Das gegenseitige Kennenlernen beschränkte sich anscheinend darauf, dass er von sich erzählte.

»Die kleine Beratungsklitsche, für die Sie beide bisher tätig waren, wird es in der Form nicht mehr lange geben. Mir schwebt da nämlich etwas viel Größeres, Imposanteres vor.«

Klara und Romy schluckten.

»Was wollen Sie damit sagen?«, wagte Romy sich vor, als Cynthia mit ihren Getränken hereingeweht kam. Dr. Schilling ließ es sich dabei nicht nehmen, auf ihren Hintern zu starren.

»Als erstes müssen wir etwas an dem Namen und dem Image verändern. Meine Marketingabteilung ist bereits dabei, ein neues Logo zu entwerfen. Mir schwebt da etwas mit einer Zunge vor und dem Slogan »Liebe, Lust und leck mich« oder so ähnlich.«

»Soll denn unsere Arbeit inhaltlich so bleiben wie bisher?« Klara schwante Böses.

»Na klar, allerdings in erweiterter Form. Stark erweitert, um ehrlich zu sein. Ich habe bereits einen Messestand auf der Erotikmesse und auf anderen Veranstaltungen gebucht, die Sie beide an den Wochenenden besetzen dürfen. Es wird außerdem eine 24 Stunden-Notfall-Hotline geben, die auch durch Sie, mein fachmännisches Personal, besetzt wird. Und ich habe noch viele andere, gewinnbringende Ideen, um uns ganz groß zu machen.«

Um *dich* ganz groß zu machen, korrigierte Romy ihn stumm. »Unser Gehalt wird dann ja sicherlich angepasst, richtig?« Mehr Aufgaben, mehr Geld.

»Selbstverständlich. Immerhin müssen Sie ja in die Welt der Pornoindustrie erst eingearbeitet werden und gelten vorerst als Trainees. Nach der Einarbeitung bekommen Sie aber wieder Ihr gewohntes Gehalt.«

»Pornoindustrie?!«, riefen Klara und Romy gleichzeitig aus.

»Meine Damen, meine Damen, Sie müssen doch einsehen, dass Ihr bisheriges Tätigkeitsfeld mehr dem Rotlichtmilieu ähnelt als der Arbeit einer Bankangestellten.« Er lächelte großzügig. »Keine Sorge, ich habe nicht vor, Sie auf den Strich zu schicken.«

Klara atmete tief durch und besann sich auf die Fragen, die Sie sich vorher zurechtgelegt hatte. »Sie wissen bestimmt, dass ich vor Kurzem Mutter geworden bin und nach der Elternzeit nur in Teilzeit zurückkehren werde, oder? Sind meine neuen Arbeitszeiten mit Ihren Ideen überhaupt kompatibel?«

Dr. Schilling legte die Fingerspitzen aneinander. »Tja, Frau Neumann, das wird sich alles vor Ort ergeben müssen. Aber ich kann nicht auf alles Rücksicht nehmen.« Gespielt gestresst warf er einen Blick auf seine klotzige Armbanduhr. »Meine Güte, schon so spät. Naja, wir haben uns kurz kennengelernt und das war ja unser erklärtes Ziel für heute. Meine Damen, ich wünsche Ihnen noch einen angenehmen Tag. Cynthia!«

Diesmal hörte sie ihn durch die Wand statt durch

den Apparat. Mit den Jacken beladen stöckelte sie ins Büro, begleitete sie zum Aufzug und blieb bei ihnen stehen, bis sich die Fahrstuhltüren hinter Klara und Romy geschlossen hatten.

»Und?«, fragte Klara ihre Freundin, die ebenfalls blass um die Nase aussah.

»Was meinst du mit »und«?«

»Wünscht du dir immer noch, dass dieser Lackaffe in Wahrheit dein einsamer Wolf ist?«

Romy deutete an, sich den Finger in den Hals zu stecken. »Lieber lege ich mich im Tierpark Olderdissen eine ganze Nacht lang ins Wolfsgehege, als für dieses Ekelpaket zu arbeiten.«

Klara nickte, weil es ihr genauso ging. Wie war Waltraud nur an diesen Typen geraten?


Franziska sank erschöpft, aber glücklich in ihren Fahrersitz. Die Hausgeburt, die sie gerade betreut hatte, zeigte ihr mal wieder in aller Deutlichkeit, wie wundervoll das Leben war. Der kleine, gesunde und von Kopf bis Fuß perfekte Junge war in einem aufblasbaren Geburtspool zur Welt gekommen, nachdem seine Eltern wie ein eingespieltes Team gemeinsam die Wehen veratmet und immer wieder den Kontakt zu ihrem Kind aktiv gesucht hatten. Die beiden Geschwisterkinder hatten sie bei den Großeltern untergebracht, damit sie sich ganz auf die Ankunft des neusten Familienmitglieds konzentrieren konnten. Franziska erlebte in ihrem Job immer wieder alle möglichen Licht- und Schattenseiten rund um das Thema Geburt, und diese gehörte definitiv zu den

Highlights.

»Salut mon coeur, wie geht es dir?«

Franziska hatte Pierre vom Auto aus angerufen, weil sie ihr Glück heute Abend unbedingt mit ihm teilen wollte. »Hallo mein Schatz, ich komme gerade von einer ganz tollen Geburt und bin noch ganz euphorisch!« Sie schaute in den Rückspiegel, um die Spur zu wechseln.

»Das klingt ja trés bien.« Pierre freute sich mit ihr.

»Wollen wir das nachher zusammen feiern und vielleicht essen gehen?« Ein romantisches Date würde ihnen bestimmt mal wieder gut tun.

»Oh Chérie, excusé-moi, aber ʻeute Abend ʻabe isch leider keine Zeit für disch. Was ʻältst du von morgen?«

Franziska hatte Mühe, ihre Enttäuschung zu verbergen. »Morgen Abend habe ich doch den Geburtsvorbereitungskurs...« Außerdem war ihr Glücksrausch bis dahin bestimmt verpufft.

»Das tut mir wirklisch leid. Isch ʻabe im Moment einfach zu viel zu tun.« Pierre klang niedergeschlagen.

»Okay, das gehört ja zu unseren Jobs dazu. Vielleicht kann ich ja mit Klara und Romy feiern.«

»Okay, au revoir!«

»Bis dann, Pierre.« Franziska legte auf und wählte in der Freisprechanlage Klaras Nummer.

»Neumann!«, bellte Klara abgehetzt ins Telefon.

»Hi Klara, hier ist Franziska. Du klingst gestresst«, stellte sie fest.

»Hi Franziska, das bin ich auch. Romy und ich gehen doch gleich zu dieser Single-Party in dieser Muckibude und meine Eltern kommen, um auf Julius aufzupassen.

Bis dahin muss ich ihn noch wickeln, was er zur Zeit hasst wie die Pest – nein, Julius, nicht in Mamas Flipflops beißen! – muss noch meine Sporttasche packen und hier im Schweinsgalopp – Julius, spuck das wieder aus! – was wollte ich sagen?«

»Okay, dann will ich dich nicht länger stören. Meine Frage hat sich gerade sowieso erledigt.«

Bei Klara schien es an der Tür zu klingeln. »Alles klar, meine Eltern sind gekommen. Bis später und – Julius, das ist Mamas Telef-« Das Gespräch war abgebrochen.

Wenn keiner für mich Zeit hat, belohne ich mich eben alleine, entschied Franziska, straffte die Schultern und bog ab in Richtung Altstadt-Sauna.


»Noch acht!«, brüllte die Fitnesstrainerin gegen die wummernde Musik in ihr Mikro, das sie am verschwitzten Kopf trug. »Noch sieben, noch sechs...«

Klara und Romy standen mit den anderen Teilnehmern des Single-Events im Kursraum des »Fit for Life« und stemmten schwarze Langhantelstangen über den Kopf in Richtung Decke. Auch, wenn das hier gerade ganz schön anstrengend war, schien dieser Abend unter einem guten Stern zu stehen: zuerst hatte die Übergabe von Julius an ihre Eltern reibungslos funktioniert. Natürlich hatte ihre Mutter angemerkt, dass Julius zu kühl angezogen sei, hatte sich aber mit ihrer sonst üblichen Psychoanalyse zurückgehalten. Dann waren sie hier eingetroffen und Klara musste sich eingestehen, dass es sich weniger um eine niveaulose Muckibude als um ein seriöses, gesundheitsorientiertes Studio handelte, von dem sie sich fragte, wie Romy sich den monatlichen Beitrag leisten konnte. Nele hatte sie strahlend empfangen und ihnen den Ablaufplan in die Hand gedrückt.

»So, Stange weg und ab auf den Boden!«, befahl die Trainerin, die Klara auf mindestens 50 schätzte und die beneidenswert gut in Form war. Nach den Bauch-übungen wurde die Musik endlich langsamer und leiser und sie durften sich beim Stretching entspannen. Spätestens jetzt bemerkte Klara, wie gut es tat, endlich mal wieder etwas für sich zu tun. Ob sie hier flirttechnisch erfolgreich sein würde oder nicht wurde gerade mehr und mehr zur Nebensache.

»Fertig, ihr Lieben! Das habt ihr toll gemacht!« Die Trainerin hatte selbst auch rote Wangen bekommen und war schweißüberströmt. »Ich übergebe euch jetzt wieder an Nele, die euch sagt, wie es weitergeht. Ich wünsche euch viel Erfolg!« Zwinkernd nahm sie sich das Mikro vom Kopf und widmete sich ihrem ipod, um die Musik auszumachen.

Nele trat auf den Plan. »Nachdem ihr heißgelaufen seid und ordentlich Pheromone ausdünstet, dürft ihr euch jetzt endlich persönlich kennenlernen.«

Die Gruppe lachte und schaute sich verstohlen um. Klara war überrascht, dass sie auf Anhieb mehrere Gesichter sympathisch fand. Romy schien sich währenddessen zu fragen, ob diesmal ihr Wolf dabei war. Langsam wurde sie etwas krampfig, fand Klara.

»Vor dem Kursraum findet ihr Stehtische, auf denen ihr jeweils eine Art Tischmotto findet. Das soll euch den Gesprächseinstieg erleichtern. Außerdem findet ihr dort Zettel, auf denen ihr notieren könnt, wenn ihr jemanden näher kennenlernen möchtet, ihr euch aber nicht traut, das direkt zu sagen. Ihr schreibt darauf euren Namen, den Namen des oder der Auserwählten und eure Telefonnummer. Die Zettel kommen dann in die Love-Box beim Check-In und werden im Anschluss an dieses Event nach Übereinstimmungen durchforstet. Meine Kollegen und ich gehen gleich noch herum und servieren euch kleine, gesunde Häppchen, um euch zu stärken. Fit for Life und fit for Love sozusagen«, lachte Nele sonnig. »Wenn ihr keine Fragen mehr habt, sage ich: lasst die Spiele beginnen!«

Klara und Romy zogen sich ihre Sportjacken über die feuchten Shirts und inspizierten die Tische. Sie hatten die Wahl zwischen »Wenn ich ein Tier wäre, dann wäre ich...«, »Meine Lieblingsfilmfigur ist...«, »Meine letzte Beziehung endete, weil...« und »Besser als Sex ist nur eine Sache und zwar...«

»Du hast dir echt Mühe gegeben«, lobte Klara Lorenz' neue Freundin.

»Danke. Das wollte ich schon lange mal durchführen, nachdem ich von so vielen gehört habe, dass sie auf Partnersuche sind.« Sie schaute Klara forschend an. »Bei dir würde mich um ehrlich zu sein am meisten interessieren, warum deine letzte Beziehung endete.«

»Hat Lorenz dir denn nichts erzählt?«

»Doch, na klar, aber ich würde gerne mal deine Version der Geschichte hören.«

Klara überlegte, was sie ihr sagen sollte. »Ach, weißt du, da kamen viele Dinge zusammen. Meine Schwangerschaft, der Tod meines Bruders, seine Affäre mit dieser Hostess und...«

Nele entgleisten die Gesichtszüge. »Er hat dich während deiner Schwangerschaft betrogen?!«

»Ja. Er hat die Frau bei seinem Junggesellenabschied kennengelernt.« Mit einem unguten Grummeln im Bauch erinnerte sie sich an die Zeit zurück.

»So ein Idiot.« Nele sammelte sich schnell und schien sich auf ihren Job zu besinnen. »Tut mir leid, wenn ich dich damit belästigt habe. Du bist ja hier, um Spaß zu haben. Eine Sache fällt mir allerdings noch ein, was ich dir neulich bei Webers schon anbieten wollte.«

Klara schaute sie gespannt an.

»Wenn du möchtest, kann ich dir Übungen zeigen, die deinen Beckenboden wieder flott machen. Das ist doch bei frischen Müttern immer wieder ein Thema. Es sei denn, du bist in dem Bereich schon wieder fit.«

Klara fühlte sich ertappt. »Danke dir. Flott würde ich ihn nicht nennen, aber...ich melde mich, wenn ich deine Hilfe brauche.«

»Ja, mach das.«

»Ich gehe jetzt mal flirten, ja?«

»Klar! Viel Erfolg!«


Nachdem Romy an dem Tisch »Besser als Sex« nur übers Essen geredet hatte, weil Pizza mit doppelt Käse und Wiener Schnitzel mit Bratkartoffeln von Mutti anscheinend hoch im Kurs der Lusterfüllung standen, wechselte sie zu dem »Wenn ich ein Tier wäre«- Tisch.

»Also, ich wäre auf jeden Fall ein Hai«, stellte sich gerade ein bulliger Typ vor, den sie in die Börsen-branche einsortierte, »weil ich stark und dominant sein kann und man mit mir aufregende Abenteuer erleben kann.«

»Oh, wie spannend!«, kommentierte die aufgedonnerte Frau zu seiner Rechten. »Haie fand ich schon immer faszinierend! »Der weiße Hai« hab ich schon ganz oft geguckt.« Offensichtlich erhoffte sie sich davon Pluspunkte. »Also, ich wäre am ehesten ein Delfin. Flink und wendig und kontaktfreudig.«

»Schade, dass Haie und Delfine sich nicht verstehen«, sagte Romy dazu und spürte, dass sie einfach nur neidisch auf den Flirterfolg anderer war.

Der Delfin guckte angesäuert. »Ach, und was für ein Tier wärst du? Eine Schlange vielleicht?«

Der Hai gab ein grunzendes Lachen von sich, als gefalle ihm ein kleiner Zickenkrieg. Vor allem, wenn sich die Damen um ihn streiten sollten, was allerdings nur in seiner Fantasie der Fall war.

Romy überlegte. »Ich wäre eine Katze, weil ich mich gut anschmusen, aber auch die Krallen ausfahren kann.«

»Das klingt auf jeden Fall ehrlich«, schaltete sich der Hai erneut ein. Scheinbar hielt er sich für so etwas wie den Chef des Tisches. »Niemand hat nur gute Seiten, nicht wahr, Delfin?«

Die Delfinfrau schnappte sich ihr Handtuch und verzog sich beleidigt an einen anderen Tisch.

»Hier geht`s ja richtig zur Sache«, brachte sich ein neuer Mann ein, der ein sympathisches Lächeln und einen strubbeligen Haarschnitt trug. »Darf ich mich vorstellen? Wenn ich ein Tier wäre, dann am ehesten ein Wolf.«

Romy blieb die Spucke weg. Könnte das vielleicht ihr... »Paul?«, stieß sie hervor, als sie ihre Sprache wiedergefunden hatte.

Der Wolf guckte sie neugierig an. »Nein, Lars, tut mir leid.«

»Du musst noch sagen, warum du ein Wolf wärst«, machte der Hai ihn auf die Regeln aufmerksam.

»Weil ich ein Familienmensch bin und den Mond mag«, erklärte Lars, der Wolf.

»Was hab ich verpasst?« Klara gesellte sich zu ihnen.

»Nicht viel. Wir sind Wolf, Katze und Hai.« Der Haimann stellte die Tischmitglieder vor. »Und wer bist du?«

»Nachdem ich an dem Tisch da vorne gerade Rachel Greene von »Friends« war, wäre ich hier am ehesten ein Murmeltier, weil ich seit sieben Monaten Mutter bin und am liebsten nur noch schlafen würde.«

»Bist du denn trotzdem auf dem Singlemarkt?« Der Hai schaute sie prüfend an.

»Ja.«

»Trägst du dein Kind viel?«, wollte der Wolf wissen.

»Ja. Warum?«

»Weil du dann bestimmt die typischen Verspannungen einer jungen Mutter hast«, erklärte Lars. »Ich bin Physiotherapeut und erlebe das ganz oft in meinem Job. Darf ich dich mal kurz an den Schultern anfassen?«

»Uhhh, jetzt wird's heiß!« Der Hai zog eine Augenbraue hoch. »Komm, Schmusekatze, wir lassen die beiden alleine und stoßen mit einem Shake an.«

»Ihr seid verabredet?« Romy konnte es nicht fassen. Erst hatte sie Klara zu dem Single-Event überreden müssen und jetzt war sie diejenige, die mit einem Date in der Sporttasche nach Hause ging.

»Nein. Wir haben einen Termin für eine Massage ausgemacht.« Klara blinkte und fuhr vom Parkplatz Richtung Heimat.

»Die bei dir Zuhause stattfinden soll«, erinnerte Romy sie skeptisch.

»Ja, eine professionelle Massage von einem Physiotherapeuten, aber in meiner Wohnung.«

»Klara, du hast ein Date, und zwar nicht irgendeins.«

»Wie meinst du das denn?« Klara stand auf der Leitung.

»Du hast ein Sexdate! Guckst du denn kein Fernsehen?«

Klara schüttelte den Kopf. »Nein, denn ich habe ein Kind.«

»Abgesehen davon, dass ich nicht verstehe, was das eine mit dem anderen zu tun haben soll: im Fernsehen fängt alles mit einer Massage an. Erst ziehst du dein Shirt aus, damit er auch gut an deinen Rücken herankommt. Du stöhnst auf, weil es sich so toll anfühlt, was er mit dir macht. Irgendwann kann er sich nicht mehr beherrschen und küsst deinen Nacken, was dich so sehr antörnt, dass du...«

»Danke, ich habe verstanden, worauf du hinaus willst. Aber ich habe nicht den Plan, dass es so ein Date wird.«

»Du vielleicht nicht, aber er garantiert.«

»Oh Gott, meinst du?« Klara war sich nicht sicher, ob

sie schon bereit für Sex war. Immerhin wäre es ihr Erster nach der Geburt.

»Ja. Oder wie viele Männer kennst du, die eine Frau freiwillig und unentgeltlich massieren, ohne auf eine Gegenleistung zu spekulieren?«

»Keinen«, musste Klara zugeben. Traurigerweise. »Wir sind da.« Klara hielt vor Romys Wohnung. »Können wir morgen weiterreden? Julius vermisst mich bestimmt schon.«

»Sicher.« Und Romy vermisste ihren Wolf. Paul, nicht Lars.


WonderWoman32: »Wieso hast du dir den Wolf als Chatnamen gegeben, Paul?«

EinsamerWolf79: »Weil ich gerne im Wald spazieren gehe und gerne Fleisch esse. Außerdem hätte ‚einsamer Hund‘ komisch geklungen. Warum fragst du?«

WonderWoman32: »Nur so. Und wenn du eine Filmfigur wärst, wer wärst du dann?«

EinsamerWolf79: »Machst du gerade nebenher ein Quiz in einer Frauenzeitschrift?«

WonderWoman32: »Nein. Also, Filmfigur?«

EinsamerWolf79: »Hm, ich mag Clint Eastwood. Mit Filmfiguren habe ich es aber nicht so.«

WonderWoman32: »Und was ist deiner Meinung nach besser als Sex?«

EinsamerWolf79: »Ach, um ehrlich zu sein ist das eine ganze Menge. Manchmal ist allein die Vorstellung davon besser als die Realität. A propos: was hast du heute Abend an?«

WonderWoman32: »Und wie hat deine letzte Beziehung geendet?«

EinsamerWolf79: »Ist alles in Ordnung mit dir, Romy?«

Romy saß frustriert vor ihrem Laptop. Die Schokolade neben ihr – weiße mit Crisp - hatte sie bisher nicht genug von ihren Gefühlen ablenken können, so dass Paul jetzt die Ladung Frust abbekam. Frust darüber, dass sie sich in der virtuellen Welt verliebt hatte und in der echten Welt nur komische Haie traf.

EinsamerWolf79: »Romy?«

WonderWoman32: »Ich war bei einem Single-Event und habe eigentlich nur dich gesucht.«

Innerlich klopfte sie sich auf die Schulter für so viel Aufrichtigkeit. Würde er sich davon verschrecken lassen, würde er der Realität sowieso nicht standhalten können.

EinsamerWolf79: »Und ich war nicht da.«

WonderWoman32: »Genau.«

EinsamerWolf79: »Und die anderen Männer?«

WonderWoman32: »Konnten mit dir nicht mithalten.«

EinsamerWolf79: »Da hab ich aber Glück gehabt.«

WonderWoman32: »Ich will mehr über dich wissen.«

EinsamerWolf79: »Das habe ich gemerkt.«

WonderWoman32: »Und nun?«

Romy sah, dass Paul schrieb und schrieb und schrieb. Gespannt wartete sie darauf, endlich lesen zu können, was er ihr mitzuteilen hatte.

EinsamerWolf79: »Sie ist gestorben.«

Romy erschrak. WonderWoman32: »Wer?«

EinsamerWolf79: »Du hast gefragt, wie meine letzte Beziehung geendet hat. Das ist meine Antwort darauf. Sie ist gestorben. Meine Frau, nicht unsere Beziehung.«

Der Kloß in ihrem Hals schwoll an. Er öffnete sich ihr, was sie sich gewünscht hatte. Damit hatte sie aber nicht gerechnet. WonderWoman32: »Ich weiß jetzt gar nicht, was ich schreiben soll.«

EinsamerWolf79: »Du könntest mir im Gegenzug meine Frage beantworten.«

Romy erinnerte sich nicht und schickte ihm nur ein Fragezeichen.

EinsamerWolf79: »Was du gerade an hast.«

Sie schmunzelte. WonderWoman32: »Verschwitzte Sportklamotten.« Einen Moment später ergänzte sie: »Die ich gleich ausziehen werde, um duschen zu gehen.«


»Ich schaue nur ganz kurz nach Julius und bin gleich wieder bei euch.« Klara war in mehrfacher Hinsicht überrascht. Zum einen hätte sie nicht gedacht, wie sehr sie ihren Sohn nach ein paar Stunden vermissen würde. Der karamellige Duft seines Köpfchens stieg ihr in die Nase, sie streichelte sein pummeliges Händchen und gab ihm ein Küsschen auf die kleine, warme Wange. Dass die Betreuung durch ihre Eltern so gut funktionieren würde, Julius ohne gestillt zu werden einschlafen und viel mehr von dem Möhren-Süßkartoffel-Brei essen würde, als in Klaras Obhut, erstaunte sie außerdem.

»Es sieht ja ganz so aus, als wäre es nicht Julius, der das Stillen noch braucht«, mischte sich ihre Mutter schon wieder mit ihrem Lieblingsthema ein, als Klara zurück ins Wohnzimmer kam. »Ein Kind spürt das tatsächlich, ob die Mutter schon loslassen kann oder nicht. Herbert«, wandte sie sich an ihren Mann, »hast du nicht neulich eine Studie dazu gelesen? Zum Thema Langzeitstillen?«

»Ja.« Herbert guckte, als sei er unfreiwillig in etwas Unangenehmes hineingezogen worden. »Laut dieser Studie stillen nach sechs Monaten nur noch zehn Prozent der Mütter.«

»Schlimm genug«, schaltete sich Franziska ein, bevor Leonore Klara damit zu verstehen geben konnte, dass sie sich stilltechnisch endlich der Mehrheit anschließen sollte. Franziskas letzte Patientin hatte den Termin abgesagt, so dass sie früher als geplant nach Hause gekommen war.

»Hallo Mitbewohnerin«, begrüßte Klara sie. »Und vielen Dank für die Rettung gerade.«

»Schätzchen, ich will dich damit doch nicht angreifen, aber wir wollen doch bei unserem kleinen Sonnenschein keinen Ödipuskomplex hervorrufen, nur weil du ihn von dir abhängig machst.« Leonore schien das Berufsleben als Therapeutin eindeutig zu vermissen.

»Die Weltgesundheitsorganisation empfiehlt sogar, bis zum zweiten Geburtstag zu stillen«, erklärte Franziska sachkundig.

»Aber das betrifft doch nur die Dritte Welt-Länder!«

»Mama, also ehrlich! Wie kommst du denn auf so was? Und was stört dich denn so sehr daran, dass...«

Herbert räusperte sich und unterbrach Klara in ihrer

aufkeimenden Wut. »Hast du deinen neuen Chef eigentlich schon kennengelernt?«

Klara atmete tief durch und berichtete von ihrem Treffen mit Dr. Jens Schilling – oder wie Romy und sie ihn nannten: Dr. Brechmittel. »Da kann ich auf keinen Fall weiter arbeiten.«

»Hast du schon eine alternative Idee, was du dann beruflich machen willst?« Ihre Mutter schien sich wieder versöhnen zu wollen.

»Nein, keine Ahnung. Irgendwas, was sich mit einem Kleinkind gut vereinbaren lässt.«

Herbert schob die kleine Brille auf seiner Nase zurecht. »Da gibt's doch dieses neue Küchengerät, das so viel kostet wie ein Urlaub in der Karibik. Das wird doch auch auf solchen Partys bei Leuten zu Hause verkauft. Wär das was für dich? Die Dinger zu verkaufen?«

»Nee. Ich bin ja schon mit Möhrenbrei überfordert und dafür muss man bestimmt einigermaßen gut kochen können. Außerdem passt das ja gar nicht zu meiner Vorbildung.«

»Ich hab eine Idee!«, trompetete Leonore so laut, dass Franziska auf dem Sofa zusammenzuckte. Klara fragte sich, welchen Hammer ihre Mutter jetzt bringen würde, als sie fortfuhr: »Ich war neulich bei der Christa zu so einer Verkaufsparty. Allerdings wurden da keine Küchengeräte vorgestellt, sondern Sexspielzeug. Das würde doch thematisch…«

»Du warst auf einer Dildoparty?!« Vielen Dank für die neuen Bilder in meinem Kopf, dachte Klara und versuchte vergeblich, sich ihre Mutter nicht mit einem lilafarbenen, rhythmisch vibrierenden Delphin in der Hand vorzustellen.

»Ja, warum denn auch nicht? Denkst du, dass wir keine Bedürfnisse haben, nur weil wir Rentner sind?« Leonore warf Herbert einen lustvollen Blick zu, auf den der arme Herbert gar nicht zu reagieren wusste.

»Nein, natürlich nicht, aber vorstellen muss ich mir das trotzdem nicht...« Klara blickte zu Franziska, die krampfhaft versuchte, sich das Lachen zu verkneifen.

»Dafür, dass du in einer Sexualberatungsstelle arbeitest, bist du ganz schön verklemmt, mein Schatz«, stellte ihre Mutter fest. »Haben wir dir nicht genug Offenheit vorgelebt?«

Klara überlegte noch, wie sie geschickt das Thema wechseln könnte, als es an der Tür klopfte.


Die Geräusche, die aus Franziskas Schlafzimmer ins Wohnzimmer drangen, ließen keinen Zweifel darüber zu, was Franziska und Pierre gerade trieben – wortwörtlich. Überraschend war er heute Abend mit Wein und Käse vorbei gekommen und beglückte sie jetzt offensichtlich mit seinen sexuellen Talenten. Klara versuchte währenddessen, sich auf ihre Internetrecherche zu konzentrieren und hoffte inständig, dass Julius von Pierres französischem Gestöhne nicht aufwachen würde.

Da sie für den Vertrieb von Plastikschüsseln, Küchengeräten und Vibratoren nicht gemacht war, hatte sie das Internet nach Stellenanzeigen und Fernstudiengängen abgesucht, die für sie ersatzweise in Frage kommen würden. Der Lehrgang zur

Ahnenforscherin klang zwar spannend, allerdings fragte sie sich nach diesem Zusammentreffen mit ihren Eltern, ob sie noch mehr Verwandte aushalten würde – auch wenn Ahnen natürlich schon tot waren. Was würde ihr wohl ihr Bruder raten, wenn er noch leben würde?

»Ohhhh, mon amour...«, tönte es inbrünstig durch die Wände. »Isch kann misch nischt mehr lange zurück 'alten!«

Klara kaute auf ihrem Bleistift herum. Was ihren weiteren Berufsweg anging, wurde sie im Internet nicht fündig. »Beckenboden trainieren« gab sie als nächstes in die Suchfunktion von Google ein.

»Oh Franziska, mon coeur«, keuchte Pierre nebenan.

Klara fand Franziska seltsam still bei dieser Nummer, widmete sich aber weiter ihrer Beckenbodenrecherche. Als hätte ich Zeit, jeden Tag Gymnastik zu machen, dachte sie missmutig, als sie schlussendlich auf eine Kreuzung aus Tampon und Liebeskugeln stieß. Bei Amazon gab es etliche Anbieter und viele Rezensionen. Was Franziska als Hebamme wohl von so was hält, fragte sie sich, als Pierre gerade das Finale einläutete und Klaras Finger auf »Jetzt kaufen« geklickt hatte.

Pierre war so schnell tief und fest eingeschlafen, dass ihm gar nicht aufgefallen war, dass Franziska weniger bei der Sache gewesen war als sonst. Natürlich kannte er all' ihre erogenen Zonen aus dem Effeff, war ein genialer Küsser und immer darauf bedacht, dass sie genauso zum Zug kam wie er, aber ihre Zweifel der letzten Wochen hatten einen Schatten auf ihre

Empfindungen gelegt. Franziska liebte Pierre und schlief gerne mit ihm, aber irgendetwas war im Busch – davon war sie felsenfest überzeugt.

»Uwääääähhhh«, drang es herzzerreißend aus Klaras und Julius' gemeinsamem Schlafzimmer und Franziska hörte, wie Klara vergeblich versuchte, beruhigend auf Julius einzureden.

»Kann ich dir irgendwie helfen?« Wenn sie sowieso schon nicht einschlafen konnte, dann half sie lieber Klara als über ihre Beziehung zu grübeln.

»Danke, gerne.« Klara ging wippend auf und ab und drückte dabei Julius' Knie zu seinem Bauch. »Er hat Bauchschmerzen und pupst ganz viel.«

»Der Arme! Was soll ich tun?«

»Kannst du aus der Wickeltasche das Etui mit den Globuli holen? Da sind die drin, die er jetzt braucht. Schhhh...« So bald Klara stehen blieb, jaulte Julius wieder auf.

»Na klar.« Franziska lief los und warf unterwegs in der Küche noch ein kleines Körnerkissen in die Mikrowelle. »Hat er das denn öfter?«, fragte sie, als sie mit Kügelchen und Kissen wieder zu Klara zurückkam.

»Ja, alle paar Nächte mal.« Wipp, wipp, wipp. Julius weinte auf, pupste laut und atmete erleichtert aus. Sein Gesicht sah schon viel entspannter aus.

In Franziska keimte ein schlechtes Gewissen auf. Seit Julius' Geburt vor bald acht Monaten hatte sie kaum in ihrer WG übernachtet, weil sie immer mit zu Pierre gegangen war. Dabei hatte sie sich viel zu selten Gedanken darüber gemacht, dass Klara als allein-erziehende Mama bestimmt auch mal nachts Unterstützung gebraucht hätte. »Tut mir leid, dass ich dir bisher keine große Hilfe war.«

»Ach, das ist schon okay. Wenn ich die Wahl hätte zwischen einem heißen Franzosen und einem weinenden Baby, das nicht mein eigenes ist, würde ich mich genauso entscheiden.« Klara hielt Julius so liebevoll im Arm, dass Franziska ganz warm ums Herz wurde. So sah echte Liebe aus.

»Tja, ein heißer Franzose ist leider keine Garantie dafür, dass man glücklich ist.«

Klara zog fragend die Augenbrauen hoch.

»Irgendwie läuft es gerade nicht so rosig zwischen uns.«

»Das klang vor ein paar Stunden aber anders. Oh Chérie, mon amour, isch komme!«, machte Klara ihn nach.

»Pssst, er schläft doch nebenan! Du konntest uns hören?« Das war ihr wirklich peinlich.

»Und wie, leider!« Klara verdrehte übertrieben die Augen.

»Oh man, sorry. Aber nur, weil wir im Bett waren, heißt das nicht, dass alles toll ist. Irgendwas verheimlicht er vor mir. Hundertprozentig.«

Ja, das tut er, um dich megamäßig zu überraschen, dachte Klara, die in Pierres romantische Pläne eingeweiht war. »Ach, meinst du?« Sie musste sich zusammenreißen, damit Franziska nichts bemerkte. »Ich glaube, du bildest dir da was ein. Pierre ist doch ein echter Hauptgewinn.«

Vielen Dank für dein Verständnis, dachte Franziska sarkastisch. »Wenn du meinst...ich gehe dann mal wieder ins Bett.«

»Okay. Gute Nacht.« Julius war auf Klaras Arm wieder friedlich eingedöst.

»Hmmm«, brummte Franziska zurück.

# MAI

Verwirrung, die:
ist eingetreten,
wenn man seinen Einkaufswagen schuckelt

WonderWoman32: »Woran ist sie gestorben?« Romy hatte sich lange gefragt, ob sie sich mit ihrer Neugierde vorwagen sollte. Ihn verschrecken wollte sie nämlich nicht. Andererseits wollte sie endlich mehr über Paul erfahren, um sich vor einer riesigen Enttäuschung zu schützen. Langsam aber sicher reichte ihr der Kontakt in der virtuellen Welt einfach nicht mehr aus.

EinsamerWolf79: »An Krebs. Vor drei Jahren.«

WonderWoman32: »Das tut mir total leid.«

Das tat es ihr wirklich. Wenn er 1979 geboren wurde und sie vor drei Jahren gestorben ist, muss er mit 35 Jahren Witwer geworden sein. Wie schrecklich!

EinsamerWolf79: »Danke dir. Wie hat denn eigentlich deine letzte Beziehung geendet?«

Mist. Sie hatte inständig gehofft, dass er sich dafür nicht interessieren würde. Ihre letzte Beziehung, wenn sie diese Bezeichnung überhaupt verdiente, endete nämlich, weil ihr der Junge die falsche Diddle-Tasse zum Geburtstag geschenkt hatte. Seitdem hatte sie nicht mehr als Flirts, Dates und eine Hand voll One-Night-Stands vorzuweisen.

WonderWoman32: »Ach, wir haben uns auseinandergelebt. Unüberbrückbare Differenzen, wie es bei Trennungen in Hollywood immer heißt.«

EinsamerWolf79: »Aha.«

Jetzt oder nie. WonderWoman32: »Ich möchte dich persönlich treffen.« Einatmen, ausatmen, einatmen, ausatmen.

EinsamerWolf79: »Warum?«

Warum?! War das sein Ernst? WonderWoman32: »Weil ich dich in Fleisch, Blut, Farbe und 3D kennenlernen möchte.«

EinsamerWolf79: »Aber wir lernen uns hier doch auch kennen. Und ich befürchte, dass ich in echt gar nicht so interessant bin.«

Romy spürte Wut in sich aufsteigen und ließ ihrer kindischen Seite freien Lauf. WonderWoman32: »Wie du meinst. Ich gehe morgen Abend zum Speeddating und da kann ich ja gucken, ob ich jemanden kennenlerne, der mich nicht nur im Chatroom treffen will.«

EinsamerWolf79: »Wo findet das statt?«

Ha, jetzt hat er wieder angebissen! Siegessicher nannte sie ihm Ort und Zeit.

EinsamerWolf79: »Vielleicht gehe ich da auch hin.«

WonderWoman32: »Mach das.«

EinsamerWolf79: »Romy?«

WonderWoman32: »Ja, Paul?«

EinsamerWolf79: »Was hast du gerade an?«

Wie konnte man das Interesse eines Mannes am besten bei der Stange halten? WonderWoman32: »Nichts.«

EinsamerWolf79: »Du bringst mich um ☺«

Sie schmunzelte ihren Laptop an und klappte ihn zu mit dem Gefühl, wieder im Spiel zu sein.

»Hallo Kathrin, hallo Justus!«

»Klara und Julius«, machte Klara Tristan auf sein katastrophales Namensgedächtnis aufmerksam. »Wie geht's denn Lailas Ausschlag?«

»Der ist wieder weg.« Tristan schlang ein rosafarbenes Handtuch um seine Tochter und nahm sie auf den Arm.

»Schön«, antwortete Klara einsilbig, weil sie von seinen Bauchmuskeln abgelenkt war. Wie kam es nur, dass sich die Anziehungskraft eines Mannes potenzierte, sobald er sich um ein kleines Kind kümmerte? Eine Mitgift der Evolution? Julius streckte seine kleinen, nackigen Ärmchen nach ihr aus und wollte ebenfalls hochgenommen werden. Gemeinsam gingen sie von der Sammelumkleide zum Babybecken.

»Wie war denn dieses Flirtevent im Fitnessstudio?« Tristan lächelte sie spitzbübisch von der Seite an.

»Nett.« Die Sommersprossen in seinem ohnehin schon attraktiven Gesicht machten sie ganz nervös.

»Warst du erfolgreich?«

»Du bist ganz schön neugierig.«

»Ja, stimmt. Und? Warst du es nun oder nicht?«

»Kommt drauf an, was du als erfolgreich bezeichnest«, wich sie ihm aus.

Tristan rollte gespielt mit den Augen. »Hast du jetzt jemanden abgeschleppt oder nicht?«

Bevor Klara etwas erwidern konnte, rutschte Tristan auf dem seifigen Schwimmbadboden aus. Mit Laila auf dem Arm strauchelte er zwischen Schwimmerbecken und Steinbank hin und her, versuchte verzweifelt, seine glitschigen Badelatschen unter Kontrolle zu bringen, verlor vollends das Gleichgewicht und knallte unsanft auf die Seite. Laila heulte erschrocken auf, während die bahnenziehenden Senioren schaulustig die Hälse reckten.

»Autsch! Laila, alles okay?«

Klara nahm ihm Laila ab und hatte nun beide Kinder auf dem Arm. »Laila scheint es gut zu gehen, aber du musst verarztet werden.« Mit dem Kopf deutete sie auf eine blutende Macke an seiner Stirn, die er sofort befühlte.

»Ist alles in Ordnung?« Bettina, die Kursleiterin, kam herbeigeeilt und guckte besorgt.

»Naja, ja und nein. Habt ihr hier einen Erste Hilfe-Kasten?«

»Na klar.« Bettina half Tristan auf die Füße und nahm ihn mit zum Sanitätsraum.

»Ich hole noch gerade was aus der Umkleidekabine und bringe dir gleich Laila«, erklärte Klara ihm. Mit Arnicaglobuli und etwas zum Überziehen kam sie zurück und setzte ihm seine Tochter auf den Schoß. »Hier, nimm davon zehn Stück und dir geht's schnell besser.«

Tristan guckte zwar skeptisch, gehorchte aber.

»Du gehst heute auf keinen Fall mit ins Wasser«, ordnete Bettina streng an. »Bitte bleib hier sitzen, bis du dich wieder fit fühlst. Ich muss jetzt mal zu den anderen und mit der Kurseinheit beginnen.«

Bettina verschwand, während Klara sich neben ihn auf die Liege setzte.

»Du musst nicht auf mich aufpassen. Ihr könnt ruhig planschen gehen.«

Klara lehnte sich zurück. »Ach, weißt du, Julius wirkt heute irgendwie angeschlagen und vielleicht ist es besser, wenn wir es heute sein lassen mit dem Babyschwimmen.« Wie aufs Stichwort nieste Julius und kuschelte sich wohlig in Klaras Arm. »Kann ich dir irgendwie helfen? Brauchst du was?«

»Ablenkung von dem pochenden Schmerz in meiner Stirn wäre toll. Erzähl mir was über dich.«

Klara lächelte. »Tja, also, ich bin alleinerziehende Mutter, habe noch Elternzeit, bin Sozialpädagogin und für nach der Elternzeit auf Jobsuche, weil mein neuer Chef ein Idiot ist und...«

»Wo arbeitest du denn?«

»Bei der Sexualberatungsstelle »Höhepunkt«. Noch zumindest.«

In Tristans Augen blitzte es. »Klingt aufregend.«

»Das ist es auch, aber für den neuen Chef kann ich mir partout nicht vorstellen zu arbeiten. Erst recht nicht, dass ich Julius in die Kita gebe, um diesem Lackaffen Geld in die Taschen zu spülen.«

»Und was willst du jetzt machen?« Er klang ehrlich interessiert.

»Keine Ahnung.«

»Ich hätte da eine Idee.«

»Falls du mir vorschlagen willst, Dildopartys zu geben, dann bist du nicht der Erste. Meine Mutter ist dir mit dieser Idee schon zuvor gekommen.«

Tristan fing laut an zu lachen. »Darauf wäre ich nicht gekommen, aber deine Mutter muss ich irgendwann mal kennenlernen.« Die unangenehme Stille durchbrechend schob er hinterher: »Du könntest Bloggerin werden.«

Klara hob die Augenbrauen. »Bloggerin?«

»Ja, es gibt doch Menschen, die bloggen und davon leben können.«

»Und worüber sollte ich schreiben?«

»Na, du kennst dich doch super mit dem ganzen Babykram aus. Du hast immerhin die Hitzepickel bei Laila richtig diagnostiziert, trägst Globuli mit dir herum...ähm, über sowas könntest du schreiben.«

Das sind mütterliche Grundkenntnisse, ging ihr durch den Kopf. »Braucht man dafür nicht ein Händchen für den PC? Irgendwie muss man sich ja so einen Blog einrichten und so.«

»Dabei kann ich dir helfen. Ich bin Informatiker.«

Nicht schon wieder ein IT-Futzi, stöhnte sie innerlich auf und stellte erleichtert fest, dass der Beruf bisher die einzige Gemeinsamkeit von Tristan und Lorenz war.

In ihrem Lieblingsoutfit bestehend aus dunkelbraunen Stiefeln, blickdichter Strumpfhose und schwarzem Strickkleid betrat Romy das Lokal, um heute Abend fünf verschiedene Männer im Zeitraffer kennenzulernen. Da der normale Betrieb des Lokals weiterlief, konnte sie noch nicht ausmachen, wer zum Speed- dating gekommen war und wer nicht.

»So, Freunde der Nacht. Wer am Speeddating teilnehmen möchte, kommt bitte einmal zu diesem Tisch und hört sich die Spielregeln an«, forderte sie der Barbesitzer auf. »Ihr seid fünf Männlein und fünf Weiblein. Die Damen sitzen auf den Stühlen an der Wandseite der langen Tafel und bleiben da auch sitzen.

Wehe, eine von euch steht auf und setzt sich um, dann haben wir hier nur Chaos. Die Herren nehmen gegenüber Platz und rotieren. Ihr habt mit jedem Gegenüber nur fünf Minuten Zeit, um euch zu beschnuppern. Gleich geht's los, also geht jetzt noch mal Pipi machen, damit gleich keiner austreten muss. Alles verstanden?«

Die Gruppe nickte. Romy war froh, dass der Barbesitzer offenbar nicht zu den Teilnehmern zählte. Bisher sahen alle Teilnehmenden ganz nett aus. Zwei von ihnen kamen ihr bekannt vor, Bielefeld war nun einmal ein Dorf. Ob Paul wohl auch kommen würde? Ihre Konkurrentinnen machten ebenfalls einen passablen Eindruck, interessierten Romy aber nicht.

»So, dann nehmt mal Platz, meine Damen! Und auf die Plätze, fertig, los! Die Zeit läuft!«

»Romy? Romy Schmidt?«, fragte der erste Kandidat, den sie irgendwoher bereits zu kennen glaubte – zu Recht, wie es schien.

»Ja. Woher...«

»Ich war dein Chemielehrer ab der neunten Klasse!«

»Herr Möller?!« Romy erinnerte sich an seine damalige Andre Agassi-Gedächtnis-Matte, die genau wie bei seinem Vorbild einer polierten Glatze gewichen war.

»Ach, wir kennen uns doch schon seit zwanzig Jahren. Du kannst mich doch jetzt duzen!«

Romy legte den Kopf schief. »Wie heißt du denn mit Vornamen, Herr Möller?«

»Sören.« Euphorisch fuhr er fort: »Ihr wart damals meine erste Klasse nach dem Examen, die ich unterrichten durfte.«

Was ihm damals absolut anzumerken war, dachte Romy. Er hatte kein bisschen Durchsetzungsvermögen und gegen die aufmüpfige Truppe nicht den Hauch einer Chance gehabt. Einmal hatten sie ihn so sehr provoziert, dass er die Schulleiterin zu Hilfe gerufen hatte, die dann ein Machtwort sprechen musste. Sören schien gerade genau die gleiche Situation in den Sinn gekommen zu sein. »Oh man, war ich da noch grün hinter den Ohren! Heute zeige ich den Kids, wo der Hammer hängt!«

Na klar. Romy lächelte peinlich berührt. Peinlich für ihn.

»Was machst du denn jetzt so? Hoffentlich nichts mit Chemie, wenn ich mich richtig erinnere.«

Oh Gott, fünf Minuten konnten echt lang sein. »Nein, Chemie war ja nicht so mein Ding. Ich bin Sozialpädagogin und...«

»Ach, das war ja klar«, unterbrach er sie ungewohnt selbstbewusst.

»Äh, warum? Warum war das klar?«

»Na, bei den Geisteswissenschaften bekommt man doch die guten Noten hinterhergeschmissen und du warst ja noch nie so ambitioniert und...«

Romy stand so energisch auf, dass ihr Stuhl ins Wanken geriet. Dieses Vorurteil brachte sie jedes Mal auf die Palme. Außerdem hatte ihr ihre eigene Mutter seitdem sie denken konnte zu verstehen gegeben, dass sie zu wenig Ehrgeiz besaß – das musste sie sich von diesem Penner nicht gefallen lassen.

»Nicht aufstehen, hatte ich doch gesagt!«, rief der

Barbesitzer ihr zu. »Chaos und so, weißt du noch?«

»Ich brauch mal frische Luft«, rief Romy zurück und wandte sich zur Tür.

»Romy, jetzt sei doch nicht gleich eingeschnappt!« Sören wirkte bedröppelt, lief ihr allerdings zum Glück nicht nach.

Romy spürte auf dem Weg nach draußen, wie die Blicke der übrigen Gäste an ihr klebten. Hätte sie nicht die geringste Hoffnung gehabt, dass Paul einer der anderen Teilnehmer wäre, hätte sie die komplette Flucht ergriffen. So aber wartete sie draußen vor der Tür nur die restlichen drei Minuten ab und setzte sich wieder auf ihren Platz.

»Uuuuuuund, die fünf Minuten laufen aaaaaab jetzt!«

Kandidat Nr. 2 schien sich für den unwiderstehlichen Cola light-Mann zu halten und wollte eigentlich nur angehimmelt werden, während Kandidat Nr. 3 die Unterhaltung mit den Worten »Ich suche nur eine Frau fürs Bett« begann. Bei beiden war sie sicher, dass es sich nicht um ihren Paul handeln konnte. Kandidat Nr. 4 war der andere Typ, der ihr bekannt vorkam und in der Sekunde, in der er sich ihr gegenüber auf den Stuhl setzte, fiel es ihr wie Schuppen von den Augen. Vor zwei Jahren war er ihr Kunde in der Beratungsstelle gewesen, weil er sich zum Thema Outing Tipps abholen wollte. Er war schwul und fest davon überzeugt, dass sein Umfeld nicht mit seiner Homosexualität zurecht kommen würde. Anscheinend versuchte er immer noch, die Fassade eines hetero-sexuellen Singles auf Partnerinnensuche aufrechtzuerhalten. In seinem Blick las Romy, dass er sie ebenfalls erkannte.

»Oh«, war dazu sein Kommentar.

»Ja, oh.«

»Du sagst kein Wort, okay?«, murmelte er panisch.

Romy schüttelte stumm den Kopf. Sprechen war ihr ja gerade verboten worden.

Er holte sein Handy heraus und verabschiedete sich in die mediale Welt, während Romy sich im Raum umschaute. Außer der langen Speeddatingtafel waren natürlich auch noch andere Tische besetzt. Ein junges Paar hielt an einem Tisch Händchen, ein alter Mann las Zeitung und zwei Freundinnen kicherten über irgendwas. Seufzend nahm Romy sich vor, auf dem Rückweg spontan Klara zu besuchen und ihr von ihrem Abend zu erzählen.

»Uuuuuuuund Cut!«, trompetete der Barbesitzer. »Fertig machen für die letzte Runde! Los geht's!«

Kandidat Nr. 5 ließ sich auf den frei gewordenen Stuhl plumpsen. »Hi! Ich möchte dich nicht unter Druck setzen, aber du musst die Enttäuschungen meines Abends unbedingt wieder wett machen.« Keck schaute er ihr in die Augen, was Romy aus dem Konzept brachte.

»Dito« war das einzige, was ihr einfiel. Dieses Lächeln, diese Sommersprossen... »Was hast du denn da an der Stirn gemacht?«

»Ich hab mich heute morgen am Küchenschrank gestoßen.«

»Das sieht aber böse aus.« Anders als der Rest von dir, dachte sie heimlich. So in etwa stellte sie sich Paul vor. Dunkelhaarig, groß und unwiderstehlich. War er es vielleicht?

»Ach, das ist gar nichts im Vergleich zu meiner Narbe von einer Haiattacke.«

»Du hast eine Haiattacke überlebt?« Warum begegnete sie nur immer wieder diesem Tier, wenn sie auf Männerfang war? Zum Glück hatte dieser Typ keine Ähnlichkeit mit dem schmierigen Mann bei der Fitnessveranstaltung.

»Nein, aber ihr Frauen steht doch so auf Helden, oder?« Er lachte unfassbar sympathisch, so dass sie ihm seine Flunkerei nicht übel nehmen konnte.

»Irgendwie schon. Stehst du denn auch auf Heldinnen?« Zum Beispiel auf WonderWoman32, Paul?

»Na klar! So lange du mich nicht als Schwächling dastehen lässt... wie heißt du eigentlich?«

»Romy. Und du?«

»Tristan.«

Julius glühte. Zwar schlief er ruhig auf Klaras Arm und atmete tief und gleichmäßig, aber er glühte. Ausgerechnet jetzt fielen ihr die Zeilen des verhassten Gedichts über den Erlkönig ein, das sie gefühlt in einem anderen Leben im Deutschunterricht auswendig lernen musste – und an dessen Ende das Kind tot in den Armen des Vaters liegt. Gut, dass sie heute nicht mit ihm ins Wasser gegangen war, erinnerte sie sich an den Morgen beim Babyschwimmen, als es vorsichtig klopfte.

»Klara, ich bin's«, hörte sie Romys Stimme durch die Tür. »Ich hab Licht gesehen und komme zum

Quatschen, falls du noch Bock hast!«

Mit dem erschöpften Sohn auf dem Arm schlich Klara zur Tür und öffnete sie für ihre Freundin. »Hi«, flüsterte sie.

»Hi, was ist los?«, flüsterte Romy zurück und zeigte auf Julius.

»Er hat Fieber und will nur auf dem Arm schlafen. Und ich mache mir totale Sorgen.« Klara hatte bereits gegoogelt und alle möglichen Ratgeber durchgeblättert, was Julius haben könnte, wann sie handeln musste und wer mitten in der Nacht Notdienst hatte.

»Ach, man sagt doch immer, dass Kinder schnell mal hohes Fieber haben, oder? Außerdem ist Fieber doch was Gutes!«

Klara fühlte sich unverstanden. »Das lässt sich total leicht sagen, wenn man kein krankes Kind auf dem Arm hat.«

»Ja, da hast du recht.« Immer die gleiche Leier von Müttern an Nicht-Mütter, dachte Romy enttäuscht. »Soll ich dich aufheitern? Ich komme gerade vom Speeddating.«

Klara nickte müde. »Ja, warum nicht, wenn du leise redest.«

»Da waren Typen, du glaubst es nicht. Zuerst saß mir mein ehemaliger Chemielehrer gegenüber, danach ein Höhepunkt-Kunde und das Highlight war...«

Julius rührte sich und zog Klaras Aufmerksamkeit wie ein Magnet auf sich. »Vergiss nicht, was du sagen wolltest, Romy, aber ich möchte nochmal schnell Fieber messen.« Klara zückte das teure Thermometer und steckte es in Julius' Ohr, was er kaum zur Kenntnis nahm. »Eigentlich soll das Messen im Po genauer sein, aber ich will ihn jetzt nicht extra ausziehen und damit wach machen«, erklärte sie Romy unnötigerweise. »Ja, mein Schatz, gleich ist es geschafft.« Das Thermometer piepste und zeigte eine Zahl und rotes Licht an. »38,8 Grad«, stellte Klara fest. »Immer noch hoch, aber es sinkt.« Sie atmete erleichtert aus. »Was wolltest du erzählen?«

»Ich war beim Speeddating und eigentlich wollte Paul auch eventuell dahin kommen, aber...«

»Dieser Internet-Paul?« Klara redete zwar mit Romy, schaute aber alle zwei Sekunden zu Julius.

»Äh, ja, genau.« Seit Wochen rede ich von ihm und sie muss nachfragen? Romy hatte zwar Verständnis dafür, dass Julius gerade im Zentrum von Klaras Interesse stand, fühlte sich aber trotzdem zu wenig beachtet. »Jedenfalls wollte er auch kommen, aber wir müssen uns verpasst haben. Dafür war da zum Schluss ein ganz toller Typ, der mir echt gefallen hat und...«

Julius fing an zu weinen. Klara seufzte. »Romy, ich glaube, ich kann mich gerade nicht auf dich kon-zentrieren. Das tut mir echt leid, aber du siehst ja...« Julius' Weinen wurde lauter.

»Klar.« Romy erhob sich. »Wir quatschen wann anders. Gute Besserung für Julius.« Traurig verließ sie die Wohnung, weil sie nie gedacht hatte, dass es jemals jemand schaffen würde, sich zwischen sie zu stellen.


Franziska und Pierre bummelten durch die Bielefelder Fußgängerzone. Die Tage wurden länger, die Luft strich ihnen lau durchs Haar und in den

Schaufenstern hingen die ersten Bikinis und Strand-kleidchen.

»Woran denkst du gerade, Chérie?«

Franziska hatte gedankenverloren durch die Gegend geguckt. »Ach, mir geht nur eine Klientin durch den Kopf«, log sie ihn an. In Wahrheit war sie mittlerweile besessen von der Vorstellung, dass etwas zwischen ihr und Pierre nicht stimmte.

»Was ist denn mit dieser Klientin?«, fragte er ernsthaft interessiert.

»Ähm, also, da gibt`s Probleme mit...«, zögerte sie.

»Du musst es mir nicht erzählen, wenn du nicht möschtest.«

Sie atmete erleichtert auf, dass sie nicht noch mehr krücken musste. »Danke, ich möchte das wirklich lieber vertraulich behandeln.« So liebevoll, wie er ihr jetzt begegnete, lockte es in ihr den Wunsch, sich wieder näher zu kommen und Missverständnisse aus der Welt zu räumen. »Pierre?«

»Oui, Chérie?« Verliebt guckte er sie an.

Es würde alles gut werden, schoss es ihr durch den Kopf. »Lass uns einen Urlaub buchen. Da vorne ist ein Reisebüro und wir sind doch bald ein Jahr zusammen. Vielleicht finden wir ein schönes Reiseziel, das wir über unseren Jahrestag ansteuern und uns mal richtig zusammen erholen können. Was meinst du?« Sie waren vor dem Schaufenster stehen geblieben und hielten sich an den Handen.

Pierres Blick verdunkelte sich plötzlich. »Oh, isch weiß nischt...wir müssen...«

»Was müssen wir?«, fuhr sie ihn zornig an. »Was

stimmt denn nicht mit meiner Idee? Was ist so schwer daran, da jetzt reinzugehen und ein paar Tage mit deiner Liebsten zu buchen? Oder bin ich vielleicht gar nicht deine Liebste?«

Pierre trat erschrocken einen Schritt zurück, atmete durch und kam wieder auf sie zu. »Naturellement, mon coeur! Du bist nischt nur meine Liebste, sondern die Eine, die Einzige! Wenn es dir so viel bedeutet, können wir natürlisch dort reinge'en.« Entschlossen schob er sie vor sich her in den Laden.

»Guten Tag, was kann ich für Sie tun?« Der Mann hinter dem Schreibtisch machte einen freundlichen Eindruck.

»Wir suchen nach einer Reise über unseren Jahrestag. Der ist Ende September«, erklärte Pierre.

»Sie suchen, ich finde. Bevorzugen Sie das Meer oder die Berge?«

»Das Meer«, entschied Franziska.

»Ende September kommen da viele Orte in Frage, weil es da ja noch schön warm sein kann. Möchten Sie fliegen oder fahren?«

»Fliegen.« Franziska spürte, wie ihr Zorn allmählich abebbte, auch, wenn Pierre sich bisher nicht eingebracht hatte.

»Okay. Was halten Sie von den Balearen? Mallorca? Ibiza?«

»Das ist mir zu touristisch. Isch 'ätte gerne etwas mit weniger Party.«

»Das kann ich gut verstehen. Sind Ihnen die Kanaren lieber?« Eifrig tippte er auf seiner Tastatur herum.

»Non.«

»Warum denn nicht, Pierre?«

»Weil isch bereits auf allen kanarischen Inseln war«, stotterte er herum.

»Tja, dann schauen wir uns doch mal auf dem europäischen Festland um«, schlug der Mitarbeiter vor. »Denn einige Länder der Welt würde ich Ihnen gerade nicht empfehlen, sie zu bereisen. Wie wäre es mit Italien?«

»Da soll es doch so teuer sein, oder?« Franziska musste nach wie vor streng auf ihre Finanzen schauen, weshalb ihr ein Billigflug zum Ballermann gut gefallen hätte.

»Oui. Da wollen wir auch nischt 'in.«

Der Mann seufzte. »Spanien? Frankreich? Sie sind doch Franzose, oder deute ich Ihren Akzent falsch?«

»Oui, je suis français, aber...«

»Jetzt sag bloß nicht, dass du da auch nicht hin willst, Pierre.« Franziska verlor die Geduld.

»Chérie, isch...«

Der Mann lehnte sich auf seinem Bürostuhl zurück und schien sich über die Szene königlich zu amüsieren. »Ich kann Ihnen auch Kreuzfahrten anbieten, bei denen sie jeden Tag in einem anderen Land sind.«

»Nein, danke. Eine Kreuzfahrt sprengt mein Budget und ich fürchte, dass wir uns erstmal selbst klar werden müssen, was wir wollen.« Sowohl was die Reise betraf als auch ihre Beziehung. »Vielen Dank für Ihre Zeit.«

EinsamerWolf79: »Hallo Romy, meine wunderschöne Romy. Bist du da?«

Romy starrte frustriert ihren Laptop an. Wollte dieser Mann sie verarschen? WonderWoman32: »Woher willst du wissen, wie ich aussehe? Beim Speeddating warst du ja offensichtlich nicht.«

EinsamerWolf79: »Doch, ich war da, aber nicht an eurer langen Tafel.«

WonderWoman32: »Wie bitte?« Sie schluckte. Hatte er sie aus der Ferne angeschaut wie ein heimlicher Stalker, ohne sich zu erkennen zu geben? »Beweis es mir.«

EinsamerWolf79: »Der erste Kandidat hat dich so sehr verärgert, dass du unerlaubterweise deinen Platz verlassen hast. Und der letzte hat dich zum Strahlen gebracht.«

Aha, deshalb wusste er jetzt, wie sie aussah. Sören Möller hatte ja durch den ganzen Laden ihren Namen gerufen. WonderWoman32: »Wer von den anderen warst du denn?« Sie durchsuchte ihr Gedächtnis nach den übrigen Gästen, aber ihr fiel niemand ein, auf den Paul hätte passen können.

EinsamerWolf79: »Ich möchte dich treffen.«

WonderWoman32: »Jetzt auf einmal?«

EinsamerWolf79: »Ja. Und zwar zu deinem Schutz.«

WonderWoman32: »Hä?« Der machte es ja spannend. Wäre er ein Geheimagent oder sowas, würde er sich ja zu ihrem Schutz eher nicht treffen, aber so?

EinsamerWolf79: »Romy, ich merke, dass du dir Hoffnungen machst, die ich nicht werde erfüllen können. Lass uns treffen und Klarheit schaffen.«

WonderWoman32: »Du schreibst in Rätseln, aber du hast recht: ich mag dich und laufe Gefahr, mich in etwas zu verrennen. Wann und wo?«

EinsamerWolf79: »Morgen Abend um sieben in der Eisdiele am alten Markt.«

WonderWoman32: »Okay. Woran erkenne ich dich?«

EinsamerWolf79: »Ich erkenne dich, das reicht ja.«

WonderWoman32: »Paul?«

EinsamerWolf79: »Ja, Romy?«

WonderWoman32: »Möchtest du heute gar nicht wissen, was ich an habe?«

EinsamerWolf79: »Nein. Ich habe lange genug mit deinen Gefühlen gespielt.«


»Hier sind die Windeln drin, die Feuchttücher, ein Spucktuch, die abgepumpte Milch, drei Ersatzschnuller, seine Lieblingsrassel, die Globuli, eine Decke...«, zählte Klara den Inhalt der Wickeltasche auf, als sie Julius bei Hildegard absetzte. »Ich lasse mein Handy auf jeden Fall an. Wenn also irgendwas ist, kannst du mich erreichen.«

Hildegard tätschelte ihr beruhigend die Schulter. »Julius und ich werden uns wie immer gut verstehen. Und du darfst dich endlich mal wieder amüsieren, Klara.«

»Aber er hatte doch gerade erst diese Fieberattacke und...«

»Das Fieber ist wieder weg, oder?«

»Ja, schon seit drei Tagen.«

»Und er hat keine anderen Symptome, richtig?«

»Richtig.«

»Dann geht es ihm auch gut. Ich hab Zwillinge groß gezogen, Klara. Mach dir keine Sorgen und genieß den freien Abend. Du siehst so aus, als könntest du mal wieder etwas Spaß gebrauchen.« Hildegard zwinkerte ihr aufmunternd zu.

»Danke. Dann mache ich mich jetzt auf den Weg. Tschüss Hildegard, tschüss mein Schatz.« Julius bekam einen dicken Kuss, Hildegard eine herzliche Umarmung.

Zuhause angekommen räumte sie noch schnell herumliegendes Spielzeug weg, stellte alkoholfreien Sekt und Johannisbeerschorle bereit und zog sich etwas an, das ausnahmsweise keine Stillfunktion hatte. Zwar kam Lars, der Wolf aus dem Fitnessstudio, nur zum Massieren vorbei, aber wenn sie Romy glauben konnte, könnte möglicherweise mehr zwischen ihnen passieren. Auch wenn sie das nicht plante, freundete sie sich langsam mit der Vorstellung an, sich mal wieder als sexuell aktive und attraktive Frau zu fühlen. Wann hatte sie zum letzten Mal Sex gehabt? Sie versuchte noch, sich daran zu erinnern, als Lars um fünf Uhr vor der Tür stand.

»Du bist aber pünktlich«, stellte Klara fest.

»Na klaro, Klara.« Lars kam herein, drückte ihr die Pizzakartons auf den Arm und zog seine Jeansjacke aus.

»Ich sag es dir ungern, aber du bist nicht der Erste, dem dieser Witz einfällt mit klaro und Klara.« Trotzdem brachte er sie damit zum Schmunzeln.

Lars lachte ebenfalls und entblößte dabei gerade, weiße Zähne. »Das will ich doch hoffen.«

Klara führte ihn zum Sofa, wo sie die Pizza mit der Hand direkt aus der Schachtel essen konnten. »Warum bist du Physiotherapeut geworden?« Hoffentlich würde der Smalltalk nicht allzu zäh werden.

Lange musste er nicht über seine Antwort nachdenken. »Weil ich gerne mit Menschen zu tun habe, aber nicht der Typ fürs Büro bin. Und warum bist du Sozialpädagogin geworden?«

»Weil Pädagogik mein bestes Abifach war.«

»Und du bist Mutter, hast du erzählt.«

»Ja, genau. Julius ist acht Monate alt.«

»Und wo ist er jetzt?«

»Bei meiner Schwiegermutter.«

»Du bist also verheiratet?« Seine Frage klang total sachlich.

»Ja, noch. Wir leben getrennt und unsere Scheidung ist noch nicht rechtskräftig. Aber wir warten jeden Tag darauf. Und du?«

»Was meinst du mit »und du«?«, fragte er etwas erschrocken.

»Na, ob du auch irgendwelche Altlasten mit dir herumschleppst.« Ab dreißig war das ja wohl keine merkwürdige Frage mehr.

»Ich bin einfach nur Single.« Lars biss ein großes Stück von seiner Salamipizza ab. »Und du und Julius, wohnt ihr hier alleine?«, nuschelte er kauend.

»Nein, wir haben noch eine Mitbewohnerin, die ist aber selten hier.« Klara merkte, wie sie sich langsam entspannte. Es war schon einige Zeit her, dass sie zum letzten Mal eine Pizza gegessen hatte, solange sie heiß war. Und dass sie ohne Babyphone auf dem Sofa saß, kam so gut wie nie vor. Egal, wie sich der Abend mit Lars entwickeln würde – sie nahm sich fest vor, zumindest die temporäre Kinderlosigkeit zu genießen.

»So«, Lars rieb sich engagiert die Hände, »ich hab aufgegessen. Wollen wir loslegen?«


Irgendwas klingelte da. Penetrant und eindringlich. Klara drehte den Kopf schwerfällig zur Seite und atmete den Duft ihres Kissens ein. Es roch so gut nach Bett...und nach Schlaf...und nach – Julius! Klara riss die Augen auf, setzte sich ruckartig auf und griff nach ihrem Handy, das immer noch nicht verstummt war.

»Hallo?«

»Klara, bist du es? Hier ist Hildegard. Es wird ja langsam ganz schön spät und ich dachte...«

»Wie spät ist es denn?« Klara rieb sich verstört die Augen und hielt nach einer Uhr Ausschau – vergeblich, weil sie immer ihr Handy als Uhr benutzte, das sie ja gerade ans Ohr hielt.

»Gleich 21 Uhr, meine Liebe.«

»Was?!« Das erklärte die einbrechende Dunkelheit draußen. In ihrem Kopf herrschte allerdings immer noch tiefste Finsternis. Hatte der Typ ihr was über die Pizza gestreut? War das gar kein Oregano, sondern...

»Natürlich, Hildegard, ich bin schon unterwegs.«

Auf dem Weg fiel es ihr Stück für Stück wieder ein. »Wollen wir loslegen?«, hatte er sie gefragt, was sie noch mit vollem Mund abgenickt hatte. Daraufhin waren sie ins Schlafzimmer gegangen, sie hatte sich ihr Shirt ausgezogen, damit er besser an ihren Rücken herankam – übrigens hatte Romy es ja genauso prophezeit – und dann hatte er mit seiner Massage begonnen. Seine warmen, festen Hände hatten sich traumhaft auf ihrer Haut angefühlt. Die Art, wie er ihr die Schultern knetete, war ein perfektes Zusammenspiel aus Zartheit und Schmerz, aus Entspannung und wohltuender Blockadenlösung.

»Mhhhh«, hatte sie gestöhnt. »Du machst das super.«

»Danke.« Er drückte und schob, er streichelte und rieb, er klopfte und piekste. »Sag Bescheid, wenn es dir zu sanft oder zu stark ist.«

»Mach' ich«, nuschelte sie in ihr Kopfkissen, das so wunderbaren Bettgeruch verströmte. An ihrer Hüfte hatte sie bemerkt, dass er eine Erektion hatte und hatte noch gedacht, dass es ihm ja offensichtlich auch gefiel – als sie selig dabei eingeschlafen war.


»Du bist bei deinem Date eingeschlafen?« Hildegard lachte herzlich und legte Klara den zufrieden brabbelnden Julius in den Arm.

»Ja. Ich habe fast drei Stunden tief und fest geschlafen. Das war das beste Date, das ich jemals hatte!« Vermutlich dachte Lars anders darüber, aber Klare hatte genau das bekommen, was sie dringend gebraucht hatte – Erholung. »Wo ist denn Konrad heute?« Nicht, dass sie erpicht darauf war, ihren Schwiegervater zu treffen.

»Der ist den ganzen Tag beim Golf und heute Abend mit der Männerrunde zum Essen.« Sie schien nicht gerade traurig darüber zu sein. Auf Klaras bohrenden Blick antwortete sie: »So habe ich mal ein bisschen Zeit für mich. Das tut mir auch mal gut.«

»Ja, das kann ich verstehen. Wie läuft es denn zwischen Nele und Lorenz?« Klara versuchte vergeblich, gleichgültig zu klingen.

»Gar nicht mehr. Sie hat ihn verlassen, nachdem sie von dir erfahren hat, was zwischen euch passiert ist.«

»Echt? Oh, dann hat er mich jetzt bestimmt auf dem Kieker.«

»Na und? Was er dir angetan hat, war das Letzte – und wenn ich als seine Mutter das sage, dann war es das wirklich. Nele und du, ihr habt das einzig Richtige getan.«

Klara hatte den Eindruck, als stünde ein »Was ich auch längst hätte tun müssen« zwischen den Zeilen, sagte dazu aber nichts. Julius musste dringend ins Bett und sie wollte Hildegard nicht zwingen, sich zu öffnen. »Danke. Für deine Hilfe heute Abend und für alles andere auch.« Sie drückte ihre Schwiegermutter zum Abschied, als Julius fertig eingepackt in der Babyschale lag.

»Gerne, Klara, wirklich.«


Durch die geschlossene Wohnungstür hörte Klara bereits Franziskas Stimme, die wütend auf Pierre einschimpfte.

»Pierre, mein Handyakku ist platt und ich muss nur kurz was nachgucken. Warum darf ich nicht in dein Handy schauen? Was hast du für ein Problem, verdammt?!«

»Chérie, isch...«

»Jetzt komm mir nicht mit Chérie!«

»Beruhige disch doch bitte, mon...«

»Ich beruhige mich nicht! Ich will endlich wissen, was los ist! Was verheimlichst du vor mir?«

Pierre schwieg. Klara stand vor der Wohnungstür und wagte es kaum, zu atmen.

»Dann geh.« Mit Franziska war nicht zu spaßen, wenn sie vor Wut tobte. »Geh jetzt sofort.«

Klara hörte Schritte, bis sich die Tür öffnete und Pierre auf den Flur trat. Er sah hin- und hergerissen aus.

»Pierre, weih sie endlich ein«, flehte Klara ihn an.

»Aber dann ist es doch keine Überraschung mehr.«

»Stimmt, aber dein Plan geht doch auch nicht auf, wenn sie dich noch vorher verlässt, oder?«

»Das wird sie schon nischt. Wir ge'ören doch zusammen.« Hätte er in die Zukunft schauen können, hätte er sich vermutlich anders entschieden.


Nach seinem aufregenden Nachmittag bei Oma Hildegard war Julius innerhalb weniger Minuten beim Stillen auf Klaras Arm eingeschlafen und in den letzten zwei Stunden nicht wieder aufgewacht. Weder die Nachbarin unter ihnen, die aus unerfindlichen Gründen zu später Stunde einen Kuchen backen musste, noch die frisch verliebten Nachbarn zu ihrer Linken, die gerade durchs Bett tobten, hatten Julius bisher geweckt. Franziska war schon wieder zu einer Klientin geeilt, die vorzeitige Wehen hatte.

Klara hatte die freie Zeit sinnvoll für sich genutzt. Immerhin war sie selten so ausgeschlafen wie heute. Erst hatte sie ein bisschen aufgeräumt und währenddessen die erste Stufe ihres neuen Beckenbodentrainers ausprobiert. Der pastellfarbene Silikonkegel sollte im Gehen oder Stehen für zehn Minuten getragen werden. Eingeführt selbstverständlich. Beim Aufräumen bot sich das ja an. Erfreut stellte sie fest, dass sie zur nächst schwereren Stufe wechseln konnte und ihr Beckenboden demnach belastbarer war als befürchtet. Danach hatte sie sich ihren Laptop geschnappt und auf dem Sofa angefangen, ihren allerersten Blogartikel zu schreiben. Vielleicht hatte Tristan ja recht mit seiner Idee, dass sie als professionelle Mamabloggerin Karriere machen könnte.

»Als Mutter habe ich schnell entdeckt, dass es ungeschriebene Gesetze gibt, von denen ich vorher nichts geahnt habe. Zum Beispiel diese hier:

Je eiliger Mama es hat, desto mehr trödelt das Kind.

Je leiser es für das Kind sein soll, desto lauter werden alle Umgebungsgeräusche.

Und seit Neustem weiß ich: je weniger Schlaf Mama bekommen hat, desto größer ist die Wahrscheinlichkeit, dass sie unabsichtlich mit offener Stillbluse einkaufen geht. Übrigens wurde ich lange nicht so freundlich an der Fleischtheke bedient wie heute. Ich, also die Mama.«

Klara starrte auf den Cursor, der motiviert vor sich hin blinkte. Motivierter als sie selbst. Ja, das war ein netter Text, der vielleicht auch der ein oder anderen Mutter ein Lächeln entlocken könnte. Mehr aber auch irgendwie nicht. Die Vorstellung, solche Texte regelmäßig zu schreiben, ging ja noch. Durch den Alltag mit Julius würde ihr garantiert immer wieder etwas Originelles einfallen. Dass sie damit aber tatsächlich Geld verdienen konnte, hielt sie für abwegig. In der Flut der professionellen Blogger würde sie kläglich untergehen wie die Titanic im eiskalten Nordatlantik. Außerdem – wie sollte sie Zeit zum Schreiben finden, wenn Julius mal wieder so eine Phase hatte, die ihm und somit auch ihr den Schlaf raubte?

»Hallo Romy, lies dir das doch bitte mal durch und gib mir ein Feedback. Was hältst du davon?«, schrieb Klara eine E-Mail und hängte ihren taufrischen Text an. Auch wenn ihr schon klar war, dass sie das Bloggen nicht erfüllen würde – weder ihre Seele noch ihr Konto.

Romy überquerte mit wackeligen Knien den alten Markt und steuerte auf die Eisdiele zu, in der sie sich treffen wollten. Seit gestern Abend hatte sie vor Aufregung nichts mehr essen können und fühlte sich so langsam ganz schön schlapp. Auch wenn sie nicht leugnen konnte, dass sie sich über ihren eingefallenen Bauch freute. Paul hatte geschrieben, dass er ihr nicht würde geben können, was sie brauchte. Hatte er sich vielleicht mit diesem Tristan verglichen und komplexbeladen einen Rückzieher gemacht? Ein feiner Hoffnungsschimmer erschien über ihren trüben Gedanken, als sie die Tür zur Eisdiele öffnete. In dem vollbesetzten Laden fiel es ihr schwer, sich einen Überblick zu verschaffen. Viele Männer tummelten sich an den kleinen Tischen, manche mit und manche ohne Begleitpersonen.

»Romy?«, sagte eine kratzige Stimme hinter ihr.

Sie drehte sich langsam um und fühlte sich an das Finale der Herzblattfolgen erinnert, wenn zwischen den Kandidaten eine Wand weggeschoben wurde.

Dann sah sie ihn.

»Ich bin Paul.«

# JUNI

Sehnsucht nach dem Kind, die:
überraschendes Gefühl, wenn man zum ersten Mal
zwei kinderlose Stunden verbringt, nachdem man
gerade die Nase voll vom Muttersein hatte

»Verehrte Gäste, wir haben uns hier zusammengefunden, um unseren Frust in Stilltee und Chili con Carne ohne Bohnen und ohne Zwiebeln zu ertränken.« Klara hob ihre Tasse an und sah zu Romy und Franziska hinüber, die beide missmutig in ihren Suppentellern rührten. Der Anblick erinnerte sie an eine Situation mit ihrem Bruder vor etwas über einem Jahr und schmerzte zu sehr, um daran festzuhalten.

»Den Tee kannst du alleine trinken, für uns gibt's nämlich Tequila! Stimmt's?« Romy wollte gerade Franziska ein Glas eingießen, als die ihre Hand darüber hielt.

»Nein, danke. Auch wenn mir heute volle Kanne danach wäre, mich bis zur Bewusstlosigkeit abzuschießen, muss ich nüchtern bleiben. Ich hab doch eigentlich immer Bereitschaftsdienst und ein paar meiner Klientinnen könnten jeden Moment ihre Kinder kriegen.« Franziska hatte ihren Teller weggeschoben, ihre Arme auf dem Tisch verschränkt und ließ ihren Kopf darauf fallen.

»Möchtest du darüber sprechen?« Klara freute sich, dass sie es endlich mal wieder schafften, sich zu dritt zu treffen, auch wenn sie alle schlechte Laune hatten.

»Ja, aber ich warne euch: das ist nichts für schwache Nerven.«

»Jetzt schieß endlich los«, drängte Romy.

»Ich komme von einer Geburt, die der Fötus nicht überlebt hat, weil er erst 20 Wochen alt war.« Franziska schluckte hart. »Und die Eltern tun mir so unfassbar leid, weil sie schon drei Fehlgeburten hatten und bei dieser Schwangerschaft endlich Hoffnung auf ein Kind geschöpft hatten.« Tränen stiegen ihr in die Augen. »Und normalerweise darf ich mich davon gar nicht so umhauen lassen – das ist ja schließlich mein Job -, aber mein Nervenkostüm ist momentan einfach so schrecklich dünn, weil...das ist alles so blöd mit Pierre und ärgert mich total.«

Klara legte ihre Hand auf Franziskas Arm. »Oh man, das ist ja furchtbar mit dem Baby.« Nicht ansatzweise wollte sie sich vorstellen, wie es den Eltern gehen musste.

»Das tut mir echt leid«, sagte Romy.

»Danke.« Mit einem Küchentuch trocknete Franziska sich die Wangen ab.

»Und was Pierre betrifft...« Klara warf Romy einen hilfesuchenden Blick zu.

»Bei Pierre kann ich mir einfach nicht vorstellen, dass er was Blödes im Sinn hat. Bestimmt kommt mit euch bald alles wieder ins Lot«, beschwichtigte Romy Franziskas Sorgen.

»Ach ja?« Franziska schaute sie skeptisch an. »Wie denn, bitte schön?«

»Ähm«, druckste Romy rum und schaute wieder rüber zu Klara, die sich allerdings gerade mit dem

Babyphone beschäftigte. »Klara, sag doch auch mal was!«

»Okay. Franziska, ganz ehrlich? Pierre ist doch ein toller Typ, der dir die Sterne vom Himmel holen würde, wenn er es könnte, oder? Was vermutest du denn, was er dir verheimlicht?«

»Ich weiß es doch auch nicht. Es ist nur so ein Gefühl...ach, ihr versteht mich einfach nicht.« Und außerdem bin ich hier doch sowieso das fünfte Rad am Wagen, weil ihr zwei immer zusammen haltet und miteinander viel enger befreundet seid, als mit mir, suhlte sie sich gedanklich in ihrer Unzufriedenheit.

Klara und Romy wussten nicht, wie sie Franziska begreiflich machen sollten, dass ihre Befürchtungen umsonst waren und wechselten lieber das Thema, bevor sie sich noch verstrickten und Pierre möglicherweise verrieten.

»Klara, du hast mir so einen Artikel geschickt, den ich lesen sollte.«

»Ja. Wie fandest du ihn?«

»Ganz nett, aber ich glaube, ich gehöre als kinderlose Frau nicht zur Zielgruppe.«

»Worum geht's denn?«, brachte sich Franziska wieder ein, um sich nicht noch ausgeschlossener zu fühlen.

»Um eine mögliche berufliche Zukunft als Bloggerin über das Muttersein«, klärte Klara sie auf. »Aber wenn ich ehrlich bin, rechne ich mir da keine großen Chancen aus. Erstens gibt es Mamablogger wie Sand auf dem Spielplatz und zweitens bin ich nicht gerade brillant. Eher ganz nett, laut Romy.«

Romy guckte entschuldigend. »Sorry, Klara, ich wollte nur ehrlich sein.«

»Machst du dir eigentlich keine Gedanken um deinen Job?«

Romy goss sich einen weiteren Tequila ein. »Doch, ich werde da auf keinen Fall bleiben, aber es ist ja nicht gerade schwierig, als Sozialpädagogin mit Berufserfahrung einen Job zu finden. Ich bewerbe mich einfach auf alles, was mich interessiert und warte ab, was passiert.« Klara wirkte abwesend, was Romy ärgerte. Irgendwie war es immer weniger möglich, intensiv mit ihrer Freundin zu quatschen. »Klara, willst du kurz nach Julius gucken gehen, damit du wieder zuhören kannst?«, fragte Romy gereizt.

Erschrocken fuhr Klara zusammen und wollte sich gerade rechtfertigen, sah aber ein, dass Romy recht hatte. »Gute Idee, ich bin gleich wieder da. Und danach will ich endlich erfahren, wie dein Treffen mit Paul war.«

»Wer ist Paul?« Franziska war überhaupt nicht mehr auf dem Laufenden.

»Tja, die Frage wurde mir gestern auch endlich mal beantwortet.« Romy klärte Franziska über ihren Austausch per E-Mail auf, so lange Klara schaute, ob Julius im Bett noch atmete.

»Da bin ich wieder!« Klara ließ sich wieder auf ihren Platz plumpsen und nahm sich ihren Tee. »Leg los.«

Romy holte tief Luft. »Paul ist euer Nachbar.«

»Welcher? Der heiße homosexuelle Typ von oben oder der vergebene Typ von nebenan?«

»Der aus der Hausnummer 15.«

Klara und Franziska sahen einander an und dachten nach. »Aber da wohnt doch nur Herr Dietrich und der ist bestimmt schon...«

»79«, beendete Romy Klaras Satz. »Der 79jährige Paul Dietrich ist mein EinsamerWolf79.«

»Was?!« Klara hielt sich die Hand vor den Mund. »Was hatte der denn in so einem Datingportal zu tun?«

»Wie sein Chatname schon sagt: er ist einsam, seitdem seine Frau vor drei Jahren an Krebs gestorben ist. Und er suchte abends einfach nur Kontakt. Aber als er gemerkt hat, dass ich mich verliebe, wollte er die Sache aufklären.« Romy exte ihren Tequila. »Und weil er ja die 79 in seinem Chatnamen hat, dachte er, es wäre klar, dass er so alt ist. Schließlich hab ich auch die 32 im Namen. Aber bei ihm hatte ich angenommen, es sei sein Geburtsjahr...« Romy hielt sich die Augen zu, als wollte sie symbolisch darstellen, dass sie die ganze Zeit die Zeichen nicht hatte sehen wollen. »Ich war so blind und wollte in ihm den Traummann sehen, der er gar nicht war.«

»Hm, das kann schon mal passieren«, kommentierte Franziska Romys Erzählung.

»Das ist was ganz anderes als bei dir und Pierre«, meinte Romy. »Zum Glück hab ich beim Speeddating diesen Mann kennengelernt, der wirklich toll war und den ich immerhin schon live gesehen habe.«

»Willst du dich wirklich schon wieder in ein neues Abenteuer stürzen?« Franziska hob die Augenbrauen an.

»Ja, warum denn nicht?«, fragte Romy genervt. Die will mir doch nur mein Glück madig machen, weil sie selbst meint, in der Liebeskrise zu stecken.

»Naja, vielleicht täte dir eine Auszeit von den Männern mal ganz gut«, versuchte es Franziska weiter.

Klara bemerkte, dass Romy der Kamm schwoll und lenkte ab. »Was ist das denn für ein Typ? Vom Speeddating?«

Erfreut über Klaras Interesse wollte Romy gerade von Tristan erzählen, als Julius sich durch das Babyphone meldete.

»Sorry Mädels«, sagte Klara beim Aufstehen und hetzte ins Schlafzimmer. Als sie nach einer halben Stunde zurück ins Wohnzimmer kam, waren die Gläser abgeräumt, die Lichter ausgemacht und die Freundinnen verschwunden.

Klara hatte Julius in ein türkisfarbenes Kapuzenhandtuch gewickelt und kam frierend mit ihm auf dem Arm in die Sammelumkleide.

»Elisa, bitte, lass dich doch einmal in Ruhe von mir anziehen!« Die sympathische Viola, die Klara bereits aus dem Geburtsvorbereitungskurs kannte, flehte ihre Tochter genervt an. »Es ist doch nur ein Body! Guck mal, das ist der mit den hübschen rosanen Elefanten, den du doch so gerne...Elisa!« Die Kleine hatte gestrampelt und sich wie ein Zauberkünstler wieder aus dem Body herausgewunden. Während Violas Laune kippte, schien es für Elisa ein spannendes Spiel zu sein.

»Alles in Ordnung?« Klara erinnerte sich an Violas lachende Augen, die jetzt nur noch müde und kraftlos wirkten. Julius guckte fasziniert bei Elisas Spiel zu.

Viola seufzte. »Nein. Nichts ist in Ordnung. Wir haben zur Zeit beschissene Nächte, beschissene Laune und überhaupt ist alles...« Mit einem Ruck zog sie Elisas Ärmchen durch den kleinen Ärmel.

»Beschissen?«, vollendete Klara Violas Satz. Julius ließ sich ausnahmsweise anstandslos auf die Unterlage legen und spielte geduldig mit seinem Pillermann, während Klara seine Sachen bereit legte und sich selbst ein Handtuch umhängte.

»Ja. Sorry, aber du kannst ja nichts dafür. Du musst dir meinen Kram nicht anhören.«

»Aber ich habe auch ein kleines Kind und kann ganz gut zuhören. Zumindest konnte ich das bis zur Geburt.« Klara legte Julius eine Windel an, um nicht unfreiwillig geduscht zu werden. »Du wirkst jedenfalls ganz anders als vor der Geburt, wenn ich das so sagen darf.«

»Oh Gott, da war ich ein völlig anderer Mensch!«, rief Viola mit Tränen in den Augen und schaute sich um, ob die anderen Frauen des Kurses lange Ohren bekamen. Leiser fuhr sie fort: »Ich war mal lustig, kreativ und aufgeschlossen. Jetzt bin ich ein überfordertes, erschöpftes und einsames Nervenbündel.« Ruppig zerrte sie eine Hose über Elisas dünne Beinchen. »Mein Mann und ich liegen uns nur noch in den Haaren, dabei waren wir mal ein richtiges Traumpaar.« Eine Träne kullerte ihr über die Wange, die sie energisch wegwischte. »Es ist ja nicht so, dass ich es bereue, Mutter geworden zu sein. Ich liebe Elisa von ganzem Herzen, Klara, wirklich, aber ich brauche endlich mal wieder...«

»Sag mal, bist du diese Tussi, die sich hier an meinen Mann ranschmeißt?«, fuhr eine biestige Frauenstimme mitten in ihre Unterhaltung und starrte Klara boshaft an.

»Ähm, keine Ahnung«, stammelte Klara. »Wer ist denn dein Mann? Und wie kommst du auf mich?«

»Ich bin Claudia, Lailas Mutter und Tristans Frau. Tristan hat von einer Karina geschwärmt, aber bei seinem Namensgedächtnis war es klar, dass du anders heißen musst.« Claudia holte tief Luft und baute sich wichtig vor Klara auf. »Und jetzt hör mal zu, du blöde Kuh: Tristan ist mein Mann und du wirst schon sehen, dass er dir widerstehen kann.«

Klara lachte verdutzt. Die Situation wirkte ohnehin schon albern, aber Claudias Ansage, die klang wie ein 90er Jahre Rap von Sabrina Setlur, setzte dem Ganzen die Krone auf. »Ich will ihn gar nicht ficken, also hör jetzt auf, hier rumzuzicken« konnte sie sich gerade so verkneifen. »Du, Claudia, keine Sorge. Ich nehm dir deinen Mann nicht weg. Ich bin mit meinem kleinen Julius schon genug ausgelastet.«

Claudia atmete hörbar wieder aus, als hätte sie vor lauter Anspannung die Luft angehalten. Wie ein kaputter Ballon fiel sie mitsamt ihrer Wut in sich zusammen. »Ach, Julius heißt er, nicht Justus.«

»Genau.«

»Aber hatte Tristan nicht bei der ersten Vorstellungsrunde gesagt, dass ihr getrennt seid?«, schaltete sich Viola wieder ein.

»Ja, das sind wir auch.« Claudia guckte zerknirscht und rieb sich müde die Augen. »Laila ist bei unserem

Abschiedssex entstanden, als wir uns gerade getrennt hatten. Ich hatte allerdings immer noch Hoffnung, dass wir vielleicht durch Laila wieder zueinander finden.« Anscheinend steckte unter Claudias biestiger Schale auch nur ein verletzter, abgekämpfter Kern. »Oder vielleicht hatte ich auch einfach gehofft, etwas Hilfe von ihm zu bekommen und nicht alleine mit Kind dazustehen. Oh Gott, was erzähl ich euch hier eigentlich?« Sie rappelte sich auf und schnappte sich Laila, die im Maxicosi entspannt an ihrer Flasche nuckelte.

»Wir sitzen doch alle im gleichen Boot«, versuchte Klara sie aufzubauen.

 »Stimmt, danke. Dann bis demnächst mal.«

Klara und Viola schauten sich fragend an, als Claudia außer Hörweite war. »Was war das denn gerade?«

»Sieht so aus, als hättest du bei unserem Quotenmann ordentlich Eindruck hinterlassen«, machte Viola sich lustig. »Wo waren wir eben stehen geblieben?«

»Du wolltest vorhin sagen, was du dringend mal wieder bräuchtest, damit es dir besser geht«, erinnerte Klara sich an ihr Gespräch zurück. Ihre Stilldemenz hatte anscheinend noch nicht vollständig ihr Gehirn benebelt.

»Ach ja.« Viola seufzte wieder. »Das Problem ist, dass ich gar nicht mehr weiß, wer ich eigentlich bin. Ein bisschen Zeit für mich, für meine Hobbies, ein bisschen Entspannung – das wär purer Luxus. Ich muss ja gar nicht eine Woche lang Schlaf nachholen oder so, aber mal wieder zu mir selber finden – das wäre toll.«

Klara nickte und hatte das Gefühl, als würde ihr Viola aus der Seele sprechen. »Das kann ich so gut nachvollziehen.«

»Ja? Wirklich? Und ich hatte schon befürchtet, ich wäre die einzige Mutter auf der Welt, der es so geht.«

»Mit mir sind wir schon zu zweit.« Klara legte ihre Hand auf Violas Schulter, die sich in der Zwischenzeit aus ihrem nassen Badeanzug gepellt und angezogen hatte. Julius und Elisa waren bereits dabei, in ihren Babyschalen einzudösen.

»Danke, Klara. Überhaupt mal auszusprechen, wie es mir geht, tat schon gut.«

»Gerne«, antwortete sie, als es in ihrem Kopf »klick« machte.


»Hallo Ronja, erinnerst du dich an mich? Ich fand dich beim Speeddating echt nett und würde dich gerne noch mal treffen. Wie sieht's am Wochenende bei dir aus? LG Tristan«, hatte Romy in der Umkleidekabine des Fitnessstudios auf ihrem Handy gelesen. Auf dem Laufband konnte sie in Ruhe über Tristan nachdenken, während sie die Kalorien ihres zu reichhaltigen Mittagessens verbrannte. Heute Morgen hatte sie bereits 600 Gramm mehr auf die Waage gebracht als gestern, worüber sie sich viel mehr als nötig ärgerte. Morgen sollte mal wieder ein guter Tag werden. Ein guter Tag hieß mit weniger Gewicht.

Was wollte dieser tolle Typ nur von ihr, fragte sie sich, während ihre Herzfrequenz mit zunehmendem Lauftempo in die Höhe schoss. Ihre Pulsuhr schlug panisch Alarm, weil sie den optimalen Fettverbrennungsbereich verlassen hatte. Halt deine blöde Klappe, schnauzte sie in Gedanken die Pulsuhr an und rannte, als ob ihr Leben davon abhing. Kofferhintern. Winkearme. Kartoffelstampfer. Wenn es um Beleidigungen ihren Körper betreffend ging, fehlte es ihr an schlechten Tagen nicht an Fantasie.

»Hey, meine Schöne, schalt mal einen Gang runter.« Mirko, der muskelbepackte Trainer war herübergeschlendert, um pflichtbewusst seinen Job zu machen.

Schon wieder ein Mann, der sich meinen Namen nicht merken kann, dachte Romy gereizt, was sie nur noch schneller laufen ließ. Irgendwo musste es ihn doch geben! Den Einen, den Richtigen!

Mirko drückte auf ein paar Knöpfe an ihrem Laufband und reduzierte das Tempo. »Romy, du hast schon ein ganz rotes Gesicht. Deine Energie in allen Ehren, aber das ist kein gesundes Training. Wann wurdest du denn zuletzt von einem von uns begleitet?«

»Ich hab kein Interesse an einem Date, sorry.«

Mirko lachte laut auf. »Ich meine hier an den Geräten, Süße.«

»Oh.« Gut, dass ich schon rot bin, dachte sie und wäre am liebsten in dem gelenkschonenden Boden versunken.

»Manchmal schleichen sich schlechte Gewohnheiten ein, falsche Bewegungsabläufe oder eben ungünstige Pulsbereiche. Deshalb können wir gerne einen Trainingstermin vereinbaren.« Mirko guckte wichtig auf sein Klemmbrett. »Oder so.« Schelmisch zwinkerte er ihr zu, drehte sich um und ging zur nächsten Kundin.

Franziska trat aus dem Eingang des Krankenhauses heraus und sah ihn am Aschenbecher stehen. Den ganzen Tag lang hatte sie Vorsorgetermine gehabt, CTGs geschrieben, Blutdruck gemessen, Bäuche abgetastet, Akupunkturnadeln gesetzt und Schwangerschaftswehwehchen behandelt. All das gehörte zu ihrem Alltag und machte ihr eigentlich Spaß, wenn nur dieses dumpfe Gefühl in ihrer Magengrube nicht wäre, dass Pierre ihr etwas verheimlichte. Und jetzt sah sie ihn. Ausgerechnet ihn.

»Franzi Popanski«, sagte der Typ mit dem Gipsbein, der sich mit der einen Hand an seinen Krücken und mit der anderen an seiner Zigarette festhielt.

»Marius, hallo«, stammelte Franziska. Franzi Popanski hatte sie ewig keiner genannt. »Was machst du denn hier?«

»Wonach sieht es denn aus, Kleine? Urlaub?«, lachte er und hustete in seine Ellenbeuge. »Und du?«

Normalerweise hatte sie eine Art Allergie dagegen, ‚Kleine‘ genannt zu werden, aber bei Marius war es etwas anderes. »Ich bin Hebamme und mache gerade Pause.«

»Wow, Respekt! Das war ja damals schon dein Traumberuf.«

»Ja, genau.« Dann hatte er ihr also tatsächlich zugehört und ihr nicht nur beim Feiern in den Ausschnitt geguckt. »Was machst du denn mittlerweile beruflich?« Hatte er nicht irgendeine handwerkliche Ausbildung gemacht?

»Ich bin immer noch Tischler.« Marius drückte seine Kippe aus und kam zu ihr herüber gehumpelt – so nah, dass sie seinen Duft aus Qualm und Jean Paul Gaultier riechen konnte, was ihr nach all den Jahren immer noch vertraut vorkam.

»Und was ist mit deinem Bein passiert?«

»Ein Unfall beim Fußball. Nichts Wildes. Bis zur nächsten Saison bin ich wieder fit.« Er klopfte auf den Gips und grinste sie verschmitzt an. »Wenn du willst, kannst du dich da drauf verewigen und Herzchen malen oder so.«

Franziska spürte, wie ihr das Blut in die Wangen schoss. Auf ihren Gipsarm hatte er damals »Love you forever« geschrieben, nur um danach mit Tatjana aus ihrer Parallelklasse herumzuknutschen.

»Sag mal, hast du Lust auf einen Kaffee?«, fragte er ohne Umschweife.

»Ja.« Mist, das kam ein bisschen zu prompt. »Äh, ich meine, ich gehe noch mal schnell in den Kreißsaal und schaue nach dem Rechten und dann treffen wir uns gleich in der Cafeteria, okay?« Dass niemand im Kreißsaal war und sie nur noch mal in den Spiegel schauen wollte, behielt sie für sich.

»Okay, dann rauche ich noch eine, Franzi Popanski.« Marius blickte ihr immer noch genauso tief in die Augen wie vor zehn Jahren und wie durch Zauberhand fühlte sie sich plötzlich in ihre Teenagerjahre zurückversetzt. Wie verliebt sie in diesen Mann gewesen war...obwohl er sie nicht auf Händen getragen hatte, obwohl es ein ewiges Hin und Her mit ihm war, obwohl er ihre Liebe niemals gleichermaßen erwidert hatte – Marius hatte sie magisch angezogen. Noch nie hatte sie verstanden, warum er es immer wieder geschafft hatte, sie um den Finger zu wickeln. Wahrscheinlich traf er einfach einen Nerv bei ihr. »Zu nah am Feuer«, summte sie vor sich hin, als sie die Treppen hoch zum Kreißsaal lief und Pierre aus ihren Gedanken drängte.

»Deine Idee geht mir nicht mehr aus dem Kopf«, gestand Mirko, als er Romy den obligatorischen Eiweißshake nach ihrem Training über die Theke reichte. Heute war hier nicht viel los. Kein Anstehen an den Geräten, kein Gerangel vor den Spiegeln in der Umkleidekabine und nun niemand sonst, der auf Mirko wartete.

»Was für eine Idee?«

»Naja, dass wir ein Date haben könnten.« Geschäftig spülte Mirko Getränkeflaschen.

»Das war keine Idee, sondern ein Korb.« Was war nur plötzlich mit den Männern los? Nach ihrem Debakel mit Paul war Romy misstrauisch geworden. Tristan war einfach zu gut, um es wirklich ernst mit ihr zu meinen. Würde sie sich mit ihm treffen, würde sie bestimmt die ganze Zeit darauf lauern, dass er sich und seine wie auch immer gearteten Absichten verriet. Und bei Mirko? Tja.

»Einen Korb hab ich noch nie akzeptiert«, gab Mirko selbstbewusst zurück. »Schmeckt's denn?«

»Wie bitte?«

»Dein Shake.« Er zeigte mit dem Kinn auf ihr Getränk. »Ich hab dir ein bisschen Bourbonvanille reingemacht, um dir den Abend zu versüßen. Als Vorgeschmack sozusagen.« Wieder dieses Zwinkern.

Romy schoss durch den Kopf, dass Vanille im Rahmen der Blutgruppendiät für sie auf der roten Liste stand. »Ach, das ist es also. Ist ganz lecker. Danke. Aber das mit dem Vorgeschmack find ich ganz schön plump.«

Mirko ließ sich nicht abschrecken und lachte wieder laut. Wie er mit seinen Händen in dem Spülwasser planschte und sich nicht abwimmeln ließ, fand sie ihn zu ihrem Ärger doch ein bisschen anziehend. Immerhin hatte er sich heute schon um ihre Gesundheit und um ihre Gaumenfreuden gekümmert – wann hatte das ein Mann zum letzten Mal getan? Mit den Ellenbogen auf der Theke streckte sie einen Arm aus und spielte verträumt mit dem Schaum seines Spülwassers. Jetzt noch der passende Augenaufschlag und sie hoffte, sexy auszusehen.

»Und das findest du jetzt nicht plump?«, fragte er amüsiert und spritzte sie mit den Händen nass, woraufhin sie erschrocken quietschte.

»Na gut, du hast gewonnen. Wir sind beide plump und verabreden uns zum gemeinsamen Plumpsein.«

»Na endlich! Das hast du mir aber nicht leicht gemacht, Romy.« Mirko kam um den Thresen herum und steckte ihr einen Zettel mit seiner Nummer zu. »Und fürs Protokoll: du bist nicht nur plump, sondern auch sehr verführerisch.«

Danke, das habe ich heute Abend noch gebraucht, um nicht völlig frustriert ins Bett zu gehen, dachte sie. Auch wenn sie in Mirko nie den Traummann gesehen hatte, glaubte sie bei ihm wenigstens nicht, dass er zu gut für sie war.

»Und hast du immer noch diese Streichholz-sammlung?« Franziska saß Marius gegenüber und dachte daran zurück, wie er vor über zehn Jahren in dem randvoll gefüllten Schuhkarton nach den passenden Streichhölzern gesucht hatte, um sie danach bei Kerzenschein zu entjungfern. Bei der Erinnerung fing jedes Mal ihr Nacken an zu kribbeln und es ärgerte sie, dass er immer noch diese Wirkung auf sie hatte.

»Na klar, die ist doch mein Heiligtum.« Er sah sie an, als denke er an das Gleiche wie sie. »Und hast du noch dieses kleine Muttermal auf der Pobacke?«

Franziska errötete und schaute zur Seite.

»Ist dir die Frage unangenehm, Popanski? Ich dachte, dass das bei unserer Vergangenheit kein Problem wär.«

»Bei unserer Vergangenheit...«, schnaubte Franziska ärgerlich.

»Was hast du denn auf einmal?« Marius verstand ihren Stimmungsumschwung genauso wenig wie Franziska selber.

Sie holte tief Luft. »Marius, jetzt mal ehrlich: wir wissen doch beide, dass ich damals die ganze Zeit in dich verknallt war und du nur mit mir gespielt hast.« Sie überlegte, ob sie den nächsten Satz, der ihr auf den Lippen lag, wirklich sagen sollte und entschied sich schließlich dafür. »Und kaum stehst du vor mir, bin ich wieder die kleine Franzi Popanski und du der tolle Typ.« Mit den Händen vor den Augen versuchte sie, ihre Gefühlslage wieder unter Kontrolle zu bringen. Als sie die Hände von den Augen nahm, sah sie an Marius' Gesichtsausdruck, dass er wusste, dass er immer noch ein leichtes Spiel bei ihr haben würde.

Klara genoss die frühsommerlich frische Luft, während Julius zufrieden an ihrer Brust schnuffelte. Da bei ihren Nachbarn das Renovierungsfieber ausgebrochen und ihnen der Mittagsschlaf des Nachbarbabys gleichgültig war, hatte Klara ihren Sohn in die Trage gepackt und war zu einem Spaziergang aufgebrochen. So konnte er schlafen und sie nachdenken. Violas Worte und ihre eigene Gefühlslage ließen sie nicht wieder los. Dass das Muttersein sie so stark verändern und auch fertig machen würde, hatte sie nicht erwartet. Nachdem sich der erste Verantwortungsschock nach Julius' Geburt gelegt hatte und sie eine Art Routine gefunden hatten, fing sie nach und nach an zu verstehen, dass sie vorher ein laues Leben mit quasi allen Freiheiten geführt hatte. Sie konnte – abgesehen von beruflichen und gesetzlichen Verpflichtungen – alles tun und lassen, was, wann und wo sie wollte. Um Schlafens-, Fütterungs-, Wickel-, Spiel- und Kuschelzeiten brauchte sie sich keine Gedanken machen. Abends ausgehen, die Nacht in der Disco zum Tag machen, Zwiebelsuppe essen, Cocktails trinken, den ganzen Tag lang vor dem Fernseher abhängen, einen Kurztrip nach London machen, in die Sauna gehen – all das war maximal eine Frage von Zeit und Geld gewesen.

Wenn sie jetzt Julius' warmen Atem an ihrem Dekollté spürte, empfand sie so viel Liebe für ihn, wie sie es niemals für möglich gehalten hatte, dass ein Mensch überhaupt zu solch intensiven Gefühlen fähig war. Und so wie auch Viola es sagte, bereute Klara es auf keinen Fall, Mutter geworden zu sein. Julius bedeutete ihr alles. Ihm beim Wachsen und Lernen zuzuschauen, mit ihm zu schmusen, an seiner Seite zu schlafen, ihn kichern zu hören, mit ihm zu spielen – kein Kinobesuch oder Spontanurlaub der Welt konnte da mithalten. Trotzdem spürte sie ganz tief drin ein »aber«. Zu dem »aber« gehörte, dass sie überhaupt keine Zeit mehr für sich hatte – der Besuch im Fitnessstudio und das Date mit Lars, bei dem sie eingeschlafen war, waren in den vergangenen neun Monaten die einsamen Ausnahmen gewesen. Wenn Hildegard, ihre Eltern, Lorenz oder Romy zum Aufpassen vorbei kamen, kümmerte Klara sich entweder um den Haushalt, kochte sich etwas zu essen, das sie nicht einhändig mit Julius auf dem Arm hinbekam oder duschte. Wenn er abends endlich eingeschlafen war, versackte sie entweder vor dem Fernseher oder bei Facebook, was sich auch nicht nach Erholung anfühlte. Ständig schwankte sie zwischen dem Gefühl, dass ihr Herz vor Liebe zu Julius überquoll und dem Gefühl, dringend eine Woche Urlaub von der Mutterschaft zu brauchen. Wie Viola hatte auch sie das Gefühl, nur noch zu funktionieren und gar nicht mehr zu wissen, wer sie eigentlich war. Wenn sie alle Rollen abstreifte – Mutter, Tochter, Freundin, Mitarbeiterin, Hausfrau – was blieb von ihr übrig? Und wenn es auch anderen Frauen so ging, was könnte diese Versorgungslücke füllen? Sie musste unbedingt mit anderen Müttern ins Gespräch kommen.

Franziska sah, dass ihr Handy aufleuchtete, weil

jemand offensichtlich versuchte, sie zu erreichen. War es vielleicht Pierre, der den gemeinsamen Abend mit ihr planen wollte? Nicht jetzt, dachte sie abgelenkt, während sie halb auf Marius' Krankenbett lag und ihr Handy mit dem nackten Fuß unter seine aufgeschlagene Decke schob.

»Du bist noch schöner als damals«, stöhnte Marius in ihr Ohr, als er sich gerade an ihrer Bluse zu schaffen machte. Seine Berührungen waren im Laufe der Jahre selbstbewusster geworden und seine Küsse schmeckten männlicher als damals.

»Danke«, erwiderte sie atemlos. Und ich bin leider noch genauso leicht verführbar. Zu mehr Gedanken kam sie nicht, weil seine Zunge ihren Kopf ausgeschaltet hatte.


»Also, Klara, wenn du mich fragst, jammern die Mütter von heute auf einem sehr hohen Niveau. Deine Oma hatte schließlich acht Kinder – und das in der Nachkriegszeit. Es gab keine Waschmaschinen oder Geschirrspüler. Von Handys, Mikrowellen oder diesen Abkochgeräten ganz zu schweigen...wie heißen die noch mal?«

»Vaporisatoren.« Die Idee, ihre Mutter zum Thema Mutterschaft zu befragen, war offensichtlich nicht eine ihrer geistigen Sternstunden gewesen. Franziska, die ja ständig mit frisch gebackenen Müttern zu tun hatte, hatte sie leider nicht erreicht.

»Ach ja, stimmt. Was ich sagen will: Auf der einen Seite wollen Mütter von heute alles für ihre Kinder tun, sie nicht schreien lassen, tragen statt schieben, im

Familienbett schlafen lassen und so, wundern sich aber gleichzeitig, dass sie selbst dabei auf der Strecke bleiben.« Leonore klang sehr entschieden.

»Aber du als Therapeutin müsstest doch Attachment Parenting befürworten, oder?«

»Was soll ich befürworten?«, fragte sie verwirrt.

»Attachment Parenting. Das ist ein Überbegriff für die Sachen, die du aufgezählt hast und meint so was wie bedürfnisorientierte Erziehung.«

»Ihr Kinder habt auch für alles ein neues Trendwort.« Leonore schnaubte. »Wie auch immer es heißt: natürlich soll es Kindern gut gehen, aber den Müttern auch. Bleiben die Mütter auf der Strecke, fällt es letztendlich auf die Kinder zurück.«

So sehr Klara ihre Mutter im Unrecht sehen wollte, waren sie an dieser Stelle ausnahmsweise einer Meinung. »Wie ging es dir denn damals, als du Florian bekommen hast?«

Leonore schluckte hörbar. »Wunderbar. Mir ging es mit Florian immer wunderbar.« Anscheinend wollte sie es mit allen Mitteln verhindern, irgendeinen negativen Gedanken an ihren verstorbenen Erstgeborenen an die Oberfläche treten zu lassen.

Klara probierte einen anderen Weg. »Okay. Und wie ging es Oma? Weißt du, was sie vielleicht mal für sich selbst getan hat?«

»Ich glaube nicht, dass sie Zeit dafür hatte. Sie hatte bestimmt nicht mal Zeit, sich darüber Gedanken zu machen, dass ihr etwas fehlt. Deine Generation denkt einfach zu viel, mein Schatz.«

Klara verdrehte die Augen. »Sag mal, wenn ich eine

deiner Patientinnen wäre...«

»Klientinnen.«

»Was?«

»Klientinnen habe ich meine Kundinnen genannt, weil Patient so krank klingt.«

»Von mir aus. Wenn ich eine Klientin von dir wäre, würdest du mir tatsächlich sagen, dass ich zu viel denke?« In dem Fall würde sie sich doch sehr wundern, warum ihre Mutter eine erfolgreiche Therapeutin gewesen war.

Leonore atmete tief durch. »Nein, natürlich nicht. Mit meinen Klientinnen habe ich haarklein durchgekaut, warum sie was denken und fühlen, ob sie ähnliche Situationen schon in ihrer Kindheit erlebt haben, ob sie solche Gedanken und Gefühle haben dürfen oder sich selbst verbieten und so weiter. Aber ganz ehrlich: manchmal hätte ich gerne gesagt, dass sie sich jetzt mal zusammenreißen sollen.« Leonores Stimme hatte Fahrt aufgenommen und Klara stellte sich vor, wie sie mit der Faust energisch auf ihr Klemmbrett haute.

Weniger denken und sich mehr zusammenreißen. Sollte sie der frustrierten Viola vom Babyschwimmen mal diesen Vorschlag unterbreiten?

»Außerdem sind die Mütter von heute immer so unentspannt und das Spiegeln die Kinder, was die Mütter noch nervöser macht.«

»Also sollen wir weniger denken, uns zusammenreißen und uns locker machen?«

»Ja genau. Vielleicht liegt bei dir persönlich aber noch ein anderer Hase im Pfeffer«, philosophierte ihre Mutter weiter.

»Jetzt bin ich gespannt.«

»Naja, vielleicht fehlt dir auch einfach ein Mann an deiner Seite, damit...«

»Mama, bitte sag jetzt nicht, dass ich untervögelt bin!« War sie das denn nicht?

»Das wollte ich ja gar nicht sagen, Schätzchen, aber wenn du so an den Haken gehst, dann ist da anscheinend ein bisschen Wahrheit dran.« Leonore atmete tief durch. »Ich meinte eigentlich, dass Paare sich die Aufgaben und Sorgen, die ein Kind mit sich bringt, immerhin aufteilen können. Im Moment bleibt alles auf deinen Schultern hängen.«

»Oh.«

»Aber wenn du schon selbst darauf zu sprechen kommst: wann hattest du denn zum letzten Mal Geschlechtsverkehr?«

»Darüber rede ich nicht mit dir, Mama.« Klara schüttelte peinlich berührt den Kopf.

»Dann ist es wohl sehr lange her und es ist dir peinlich, das zuzugeben. Der erste Sex nach einer natürlichen Geburt kann sehr aufregend sein und...«

»Stop!«, rief Klara genervt. »Mama, mein Sexleben ist meine Privatsache.« Wenn auch eine bis dato Nichtexistente.

»Ist ja gut. Krieg dich wieder ein. Bleibt es dabei, dass wir übermorgen auf Julius aufpassen, damit du mit einer Freundin einen Kaffee trinken gehen kannst?«, wechselte sie das Thema.

»Ja, von mir aus bleibt es dabei.« Dass die Freundin eigentlich Lars war, der es ihr nicht übel genommen hatte, dass sie bei ihrem ersten Date eingeschlafen war, und sie sich trafen, um den angefangenen Austausch von Zärtlichkeiten fortzusetzen, behielt sie lieber für sich.

»Da bist du ja, mon amour«, flötete Pierre, während er am Herd in seiner granitgrauen Luxusküche stand und in einem kleinen Topf rührte. »Das Essen ist gleisch fertisch. Möschtest du auch ein Glas Bordeaux?«

Franziska streifte sich ihre Birkenstocks von den Füßen und blickte in den großen Spiegel im Flur. »Ja, bitte.« Wein war genau das Richtige, um den Abend mit Pierre und ihrem schlechten Gewissen zu überstehen. Ob er es ihr ansehen konnte?

»Bitte schön, chérie.« Pierre reichte ihr das Glas und begrüßte sie mit einem liebevollen Kuss. »Endlisch 'aben wir mal wieder etwas Zeit zu zweit. Isch 'abe disch vermisst. Du misch auch?«

»Ja, na klar.« Nur ein Tauber würde die Lüge überhören, befürchtete sie und trank einen großen Schluck. »Was gibt`s denn zu essen?«

»Pasta mit Lauch und Garnelen. 'Ast du 'Unger?«

Seine großen verliebten Augen waren ihr schon lange nicht mehr so deutlich aufgefallen. »Ja.«

»'Attest du einen 'arten Tag?«

»Ja.« Wie sollte sie den Abend nur überleben? Sie hatte das Gefühl, als würde jede ihrer Zellen das ausdünsten, was sie vorhin mit Marius getrieben hatte. Sein Geruch haftete noch an ihr, seine Hände fühlte sie überall. »Kann ich trotzdem noch schnell duschen gehen?«

»Natürlisch.« Pierre kam anscheinend eine Idee.

»Isch könnte auch den 'Erd ausdre'en und mit dir unter die Dusche-«

»Nein«, sagte sie etwas zu entschlossen. Sanfter setzte sie hinzu: »Ich brauche einen Moment für mich. Ist das okay für dich?«

»Selbstverständlisch. Fühl' disch wie zu 'Ause, mon coeur.«

Dass Pierre so nett zu ihr war, machte alles nur noch schlimmer. Der harte, heiße Wasserstrahl prasselte ihr auf den Kopf und durchnässte ihre braunen Locken. Wie zum Teufel hatte es so weit kommen können? In dem einen Moment hatten sie in der Krankenhaus-caféteria Kaffee getrunken und im nächsten waren sie in seinem Einzelzimmer gewesen und hatten rum-gemacht – gab es dafür eigentlich auch eine reifere Beschreibung? Sie war doch eine erwachsene Frau, verdammt noch mal, und kein Teeniemädchen mehr, das willenlos diesem Typen verfällt, der ihr jahrelang das Herz schwer gemacht hatte. Wie hatte er das geschafft? Damals war Marius ihre erste Rebellion gegen ihre piekfeinen Eltern gewesen, was ihn noch viel anziehender gemacht hatte. Statt auf Latein-vokabeln und Wissensmagazine hatte er auf Besäuf-nisse auf der Dorfkirmes gestanden. Und darauf, den Mädels den Kopf zu verdrehen. Aber das hatte sie doch heute nicht mehr nötig! Was war nur los mit ihr? Und was sollte sie Pierre sagen?

»Franziska? Comment ça va? Alles in Ordnung? Du bist schon eine ganze Weile da drin.« Pierre klang besorgt.

»Ja, ich bin gleich fertig.« Gar nichts. Sie würde ihm

gar nichts sagen. Der Nachmittag mit Marius war ein einmaliger Ausrutscher und hatte nichts zu bedeuten – wirklich, auch wenn das abgedroschen klang. Die Wahrheit würde Pierre nur unnötig verletzen. Außerdem hatte er ja auch irgendein Geheimnis vor ihr. Endlich würde sich die Schauspiel-AG aus der zehnten Klasse auszahlen, dachte sie entschlossen, als sie sich ein Handtuch umschlang, das sie gleich in der Küche gekonnt würde fallen lassen. Marius hatte nur die Vorspeise bekommen – Pierre bekam Hauptgang und Dessert.

»Hallo Klara, meine Liebe, komm doch rein. Hallo Julius!«

Klara drückte ihre Schwiegermutter zur Begrüßung. »Du siehst so anders aus. Warst du beim Friseur?«

»Ja.« Hildegard strahlte wie ein Model von einer Zeitschrift für die flotte Frau ab fünfzig. »Und bei einer Stilberatung.« Sie half Klara dabei, Julius aus dem Maxicosi zu befreien. »Und im Kaufhaus.«

»Wow, das war ja ein Rundumschlag. Steht dir super!«

»Danke, ich fühle mich auch toll. Hallo mein Mäuschen!« Hildegard nahm Julius auf den Arm und streichelte ihm liebevoll den Kopf, während Klara sich für ein Wiedersehen mit Lorenz und seinem Vater wappnete.

»...ich sag es dir, Lorenz, halte dir die Frauen vom Leib«, hörte sie Konrad Weber schon im Flur erzählen. »Selbst wenn du glaubst, sie schon ewig zu kennen, kommen sie immer wieder mit Neuigkeiten um die

Ecke.« Hildegards Veränderung war anscheinend nicht spurlos an ihm vorbeigegangen. »Heutzutage kann man sich nur noch auf sich selbst verlassen.«

Lorenz nickte andächtig zu Konrads Worten, als Klara das Wohnzimmer betrat.

»Hallo Lorenz, hallo Konrad.«

»Hallo Klara«, sagten die beiden Männer wie aus einem Mund.

»Wie geht es denn meinem Enkelkind?«

»Gut. Er robbt neuerdings vorwärts.«

»Toll.« Lorenz fand zwar lobende Worte, aber ihm war anzusehen, dass er als kaum anwesender Vater keine Ahnung hatte, was das für eine Anstrengung für Julius bedeutete.

»Klara, isst du denn ein Stück Kuchen mit?«, durchbrach Hildegard die peinliche Stille, die aufgetreten war. Mit Julius auf dem Arm kam sie gerade aus der Küche.

»Was für einen Kuchen hast du denn gebacken?«

»Käsekuchen mit Mohn.«

Konrad lächelte überheblich. »Da musst du dich vertan haben, Hildegard. Du weißt doch, dass ich weder Käsekuchen noch Mohn mag.«

»Für dich stelle ich ein paar Kekse hin. Klara?«

»Der Kuchen klingt richtig gut. Für ein Stück bleibe ich noch.«

Sie versammelten sich um den Esszimmertisch herum und probierten ihr neues Rezept, während Konrad missmutig an einem Plätzchen knabberte. Julius nuckelte derweil an Klaras Brust.

»Stillst du immer noch?« Lorenz schien sich dafür zu

schämen, dass sein Sohn die Nähe bekam, die er einforderte.

»Ja, siehst du doch«, gab Klara patzig zurück.

»Ich finde es gut, dass du noch stillst«, brachte sich ihr Schwiegervater überraschend offen ein.

»Tatsächlich?«, fragten Klara, Hildegard und Lorenz unisono.

»Ja, tatsächlich.«

»Und warum?« Irgendwie ahnte Klara schon, dass kein kompletter Sinneswandel, sondern irgendwas anderes dahinter steckte.

»Na, langes Stillen soll Jungs davor schützen, homosexuell zu werden.«

Klara verschluckte sich an ihrem Kuchen, während Hildegard vor Scham die Augen schloss. Dass Julius überhaupt vor Homosexualität geschützt werden sollte, war ja allein schon an Kotzbrockigkeit kaum zu überbieten.

»Das ist doch ganz einfach«, fuhr Konrad wichtigtuerisch fort. »Die ersten Jahre eines Kindes sind sehr prägend und jetzt bringt Julius die weibliche Brust mit Wohlbefinden in einen Zusammenhang. So wird er später bestimmt nicht umkippen.«

»Umkippen?!« Wie ein Eiersalat, der zu lange in der Sonne stand, dachte Klara fassungslos.

Betretenes Schweigen breitete sich über dem Kaffeetisch aus. Was sollte man dazu denn sagen?

»Was für einen Termin hast du denn gleich? Ein Date?«, wechselte Lorenz das Thema.

»Nein, kein Date.« Das war erst morgen. »Unsere Chefin verabschiedet sich von uns und übergibt die

Firma offiziell an den neuen Chef.«

Konrad grinste zufrieden und nickte wissend. »Der wird der Beratungsstelle bestimmt gut tun.«

»Inwiefern?« Bei der Erinnerung an Dr. Jens Schilling lief es ihr kalt den Rücken herunter. Dafür, dass seine Augen in zwei verschiedene Richtungen guckten und ihm Haare aus der Nase hingen, hatte er damals ein erstaunliches Selbstbewusstsein an den Tag gelegt.

»Naja, eure Chefin hatte doch nie so richtig die Zügel in der Hand. Ein Mann kann doch den Laden viel besser zum Erfolg führen und...«

Hildegard erhob sich so aggressiv von ihrem Stuhl, als wollte sie damit ihren Protest gegen Konrads Worte ausdrücken. »Ich gehe in die Küche. Braucht noch jemand etwas?«

»Ja, ich«, begann Konrad. »Einen leckeren Kuchen statt dieser gekauften Kek-«

Hildegard hatte bereits den Raum verlassen. Julius war die Veränderung der Atmosphäre am Tisch auch aufgefallen und hatte sich von Klaras Brust abgestöpselt. Klara zog sich schnell ihre Bluse zurecht und drückte Lorenz das Kind auf den Arm. »Ich gehe mal hinterher.«

»Das macht deine Mutter zur Zeit andauernd«, hörte sie Konrad zu Lorenz genervt sagen, als sie schon fast die Küche erreicht hatte. Dort fand sie ihre Schwiegermutter vor, wie sie ein geknotetes Geschirrhandtuch mit Schwung auf die Arbeitsplatte pfefferte. Immer wieder.

»Darf ich dich stören?«

»Ja.« Wumms. »Du immer.« Wumms.

»Was machst du da?«

Wumms. »Das...« Wumms. »...ist...« Wumms. »...ein...« Wumms. »...Wutgespenst!« Wumms.

»Ein Wutgespenst?«

»Ja.« Wumms. Hildegard holte schwer Luft. »Man macht in einen Zipfel eines Geschirrhandtuchs einen Knoten und schlägt diesen so oft und so fest auf eine harte Unterlage, bis sich der Knoten und damit hoffentlich auch die Wut gelöst hat.« Stolz hielt sie das mittlerweile entknotete Tuch hoch.

»Und hat sich deine Wut jetzt aufgelöst?« Klara war skeptisch. Ob ihre Mutter wohl auch solche Methoden verordnete?

»Verringert, würde ich sagen. Zumindest geht es mir etwas besser. Aber das Problem ist dadurch ja nicht weg.«

Klara guckte sie fragend an, wagte aber nichts zu sagen.

»Konrad. Er ist mein Problem. Aber so lange ich noch nicht bereit bin, ihm meine Meinung direkt zu sagen, muss ich zu anderen Mitteln greifen.«

»Wie zu dem Wutgespenst.«

»Genau. Oder zu dem Käsekuchen. Mit Mohn.«

»Hat dein Umstyling auch was damit zu tun?«

»Ja. Allerdings dient das dazu, selbstbewusster zu werden und nicht, um ihn zu verärgern.«

»Woher hast du denn diese ganzen Tipps?«

»Ach, ich besuche seit ein paar Wochen eine Therapeutin, die mir dabei hilft, mehr ich selbst zu sein statt das unterwürfige Weibchen an der Seite eines Tyrannen.«

»Spannend.« Vielleicht sollte ich die auch mal kontaktieren, um mich selbst zu finden, dachte Klara.

»Ja, das ist es tatsächlich.«

»Klara, Julius hat gespuckt!«, rief Lorenz panisch aus dem Esszimmer.

»Na und?« Klara lächelte Hildegard an und verdrehte die Augen.

Lorenz wusste sich nicht zu helfen. »Was soll ich denn jetzt machen?«

»In der Wickeltasche ist ein Spucktuch!«

»Komm, wir gehen wieder rüber, bevor sich mein Sohn wegen etwas Babylüller ins Hemd macht. Und du musst jetzt bestimmt gleich los.«

»Ja, das stimmt. Danke, dass ihr auf Julius aufpasst. Ich bin in zwei Stunden wieder da, schätze ich.«


»Meine Lieben, ich möchte mich für euer Engagement für »Höhepunkt« noch einmal ganz herzlich bedanken und versichere euch, dass ich diese Entscheidung wirklich mit Bedacht getroffen habe. Ich bin mir sicher, dass jede von euch – und du natürlich auch, Gustav – ihren Weg gehen wird.« Waltraud hatte Tränen in den Augen, als sie ihre Mitarbeiterinnen an ihren Nachfolger übergab.

»Frau Neumann, Frau Schmidt, Herr Petzold, ich freue mich, dass Sie ab sofort für mich arbeiten – auch wenn Sie, Herr Petzold, natürlich nur noch so lange auf ihrem Posten bleiben, bis Frau Neumann wiederkommt.«

Klaras Elternzeitvertretung Gustav grinste dümmlich in die Runde. Im Grunde legte er sowieso keinen großen Wert auf diesen Job und konnte seiner Befristung gelassen entgegen sehen.

»Heute möchte ich Ihnen gerne mitteilen, was Sie ab sofort anders machen sollen als bisher. Change Management und so, Sie verstehen.« Dr. Schilling lächelte von oben herab, ganz so, als genieße er es in vollen Zügen, das Sagen zu haben. »Cynthia, bringst du bitte die Worksheets herein?«

Seine langbeinige Assistentin kam hereingetrippelt, verteilte die kopierten Blätter und blieb so lange abwartend stehen, bis er ihr mit einem Handzeichen erlaubte, wieder gehen zu dürfen.

»Auf dem ersten Sheet finden Sie einen Profilingbogen, den jeder Client zukünftig vor der Beratung ausfüllen soll.«

»Unsere Beratung ist doch anonym«, gab Romy skeptisch zu bedenken.

»Und das bleibt sie natürlich auch, Frau Schmidt. Niemand außer Ihnen und mir wird diese Dokumente zu sehen bekommen. Für unsere Erfolgsanalyse ist es einfach unerlässlich, dass wir wissen, welche Sorte Mensch uns aufsucht und wie sie auf uns aufmerksam geworden ist.«

»Welche Sorte Mensch?«, fragte Klara ungläubig und warf Waltraud einen hilfesuchenden Blick zu. Wie hatte sie »Höhepunkt«, ihr Herzensprojekt, nur an so einen furchtbaren Typen verkaufen können? War ihr nicht klar, dass er entweder Romy und Klara vergraulen oder die Beratungsstelle vor die Wand fahren würde?

»Naja, ob mehr Männer oder Frauen sich beraten

lassen, wie alt sie im Durchschnitt sind, wie niedrig der Bildungsgrad ist und so weiter. Wie gesagt: wir brauchen die statistischen Daten unbedingt. Blättern Sie bitte zum nächsten Sheet«, forderte er die Runde auf.

Papiergeraschel gepaart mit bösen Vorahnungen erfüllte den Raum.

»Hier finden Sie einen Consulting Contract. Der besagt, dass Sie alle Angaben vertraulich behandeln bla bla. Sowas ist heute Gang und Gäbe in der Coachinglandschaft.«

»Bevor wir also endlich mit der eigentlichen Arbeit anfangen, müssen wir uns mit bürokratischem Kram beschäftigen«, stellte Romy genervt fest.

»Ja. Werden Sie das hinbekommen oder ist Ihnen das zu anspruchsvoll?«

Romy stutzte.

»Wenn Sie gehen möchten, ist das kein Problem. Die nächste junge Uniabsolventin steht garantiert in den Startlöchern.«

»Unser Job ist nicht so easy, wie Sie vielleicht glauben. Immerhin gehen wir individuell auf unsere Kunden ein und bringen mehrere Jahre Berufserfahrung mit«, stärkte Klara ihrer Freundin den Rücken.

»Auch das wird sich ändern, Frau Neumann.«

Klara guckte verwirrt. »Was meinen Sie damit?«

»Blättern Sie doch bitte um zur nächsten Seite. Dort finden Sie einen Communication Contract. Eine Schritt-für-Schritt-Anleitung sozusagen, wie Sie in jedem einzelnen Gespräch ab sofort vorzugehen haben.«

Romy schnaubte verächtlich und las laut vor:

»Herzlich Willkommen an Bord von »Dirty Talk«. Ich stehe Ihnen heute persönlich für Ihr Anliegen zur Verfügung. Bitte nehmen Sie Platz, entspannen Sie sich und begeben Sie sich in meine vertrauensvollen Hände... Klingt für mich eher nach einer Pornoairline. Ist das Ihr Ernst?!«

»Ja.«

»Und wozu soll das bitte schön gut sein?«, wollte sie wissen.

»Ganz einfach: »Dirty Talk« wird ein weltweites Franchiseunternehmen werden, in dem die Kunden – egal, wo sie es in Anspruch nehmen – gleich behandelt werden.«

Und außerdem macht es die Mitarbeiter so angenehm austauschbar, dachten Klara und Romy einstimmig. Die Aufmüpfigen konnten problemlos gegen die Günstigen und Unerfahrenen ersetzt werden. Waltraut wagte es kaum, ihren ehemaligen Angestellten in die Augen zu schauen.

»Kommen wir zur letzten Seite.«

Klara und Romy schwarnte Böses.

»Dort sehen Sie die Corporate Identity.«

»Eine Uniform?!«, riefen sie gleichzeitig, was Dr. Schilling zum Schmunzeln brachte. Klara fragte sich unwillkürlich, ob sie die versteckte Kamera übersehen hatte und sie hier veräppelt wurden.

»Ja. Sie sind doch sicherlich schon einmal in den Urlaub geflogen oder haben ein Auto gemietet, oder? Da erkennt man doch auch an der Kleidung, wer zum Serviceteam gehört und wer nicht. Cynthia? Ihr Auftritt!«

In einem kirschroten Kostüm bestehend aus Bleistift-rock und Blazer, einem weißen Halstüchlein, weißen Samtpumps und zur – wortwörtlichen – Krönung einem weißen Hütchen auf dem Kopf kam sie in das Büro gestöckelt. Als hätte es für »Germany`s Next Topmodel« nicht ganz gereicht nutzte sie jetzt die Chance, sich selbst auf dem Laufsteg zu präsentieren.

Klara und Romy hatte es vor Entsetzen die Sprache verschlagen.

»Meine Damen, Sie können Teil eines riesigen Unternehmens werden, wenn Sie bereit sind, zu meinen Bedingungen zu spielen. Ich erwarte von Ihnen eine höchstprofessionelle Performance und Sie bekommen dafür den Luxus der Vertrauensarbeitszeit sowie attraktive Aufstiegschancen vom Junior Consultant über den Senior Consultant bis zum Chief Consultant. Ansonsten...« Dr. Schilling machte die gleiche unmissverständliche Handbewegung, mit der er zu Beginn des Gesprächs Cynthia hinauskompli-mentiert hatte. »Und jetzt benötige ich nur noch Ihre Konfektionsgrößen, damit Cynthia die Outfits bestellen kann.«

Verstört machten sich Klara und Romy auf den Weg zu Klaras Auto.

»Die Inder in dieser Wahrsagerhölle müssen Wal-traud ins Hirn geschissen haben«, schimpfte Romy erbost. »Ich fühle mich so verraten von ihr!«

»Ja, ich mich auch. Wobei ich immer noch die Hoffnung habe, dass sie einen guten Grund dafür hat. Waltraud tut doch nie etwas ohne Hintergedanken.«

»Was für ein guter Grund fällt dir denn bitte schön ein? Dass irgendeine dubiose Gottheit der Meinung ist, dass wir uns in roten Kostümchen prostituieren sollen oder was?«

»Nein, sowas meine ich nicht.« Dass Romy immer so übertreiben muss, dachte Klara genervt, auch wenn sie selbst natürlich gut reden hatte. Klara befand sich ja noch in Elternzeit und musste nicht sofort mit Dr. Schilling auskommen. »Mir gibt es auf jeden Fall den nötigen Antrieb, mich um meine neue Idee zu kümmern. Ich würde nämlich gerne etwas Eigenes aufziehen.«

»Du willst dich selbstständig machen?« Romy hob überrascht die Augenbrauen, während Klara nickte. »Aber das ist doch eine Menge Arbeit – wie willst du das mit Julius hinkriegen?«

»Ähm, das weiß ich noch nicht«, gestand Klara. Darüber hatte sie sich ausnahmsweise noch keine Gedanken gemacht.

»Seitdem er auf der Welt ist, bist du doch nur noch kaputt. Eigentlich ist gar nichts mehr mit dir anzufangen. Wie willst du dich dann noch um ein Unternehmen kümmern?«, ereiferte Romy sich. Ihre Nerven lagen blank. Sie vermisste die alte Zeit mit der damaligen Klara in ihrem früheren Job mit Waltraud. Dass plötzlich alles anders war, machte sie fertig und ließ sie explodieren.

Klara schwirrte der Kopf. »Also, keine Ahnung...um ehrlich zu sein, klingst du total vorwurfsvoll, als dürfte ich nicht kaputt sein, oder so.« Wie vor den Kopf geschlagen war Klara stehen geblieben.

»Naja, du hast ein Kind und keinen Käfig voller wilder Affen.«

»Und du hast doch keine Ahnung, wie kräftezehrend und anspruchsvoll der Job als Mutter ist!«

»Nein, hab ich auch nicht, aber das weiß man doch vorher, dass das kein Spaziergang ist!«

»Pah! Einen Scheiß weiß man vorher! Wenn Frauen vor der Schwangerschaft wüssten, was auf sie zukommt, würden sich garantiert viele dagegen entscheiden!«

»Oh man, ich hab das Gejammer von Müttern so satt! Als wären sie die Einzigen auf der Welt, die es schwer haben!«, keifte Romy zurück.

Klara stiegen die Tränen in die Augen. Erst das Treffen mit diesem schmierigen Penner und jetzt der Angriff von Romy bezüglich ihrer mütterlichen Unzulänglichkeit.

Romy guckte ausweichend zur Seite und schluckte ebenfalls schwer. »Ich nehme jetzt doch lieber die Bahn. Bis dann.«

# JULI

Selbstfürsorge, die:
wird offenbar sträflich vernachlässigt,
wenn das mütterliche Magenknurren
das Kind am Einschlafen hindert

»Mamamamama...«, brabbelte Julius vor sich hin und strahlte Klara an, während sie sich am nächsten Tag für ihr Date mit Lars zurecht machte.

»Du hast ja Mama gesagt!«, quietschte sie aufgeregt, was Julius zum Kichern brachte. »Ma-ma hast du gesagt, mein Schatz! Ich bin deine Ma-ma!« Sie nahm ihn aus seiner Wippe heraus und wirbelte ihn verliebt durch das warme Badezimmer. So viel schien sie nicht in der Erziehung falsch zu machen, ging ihr der anstrengende Streit mit Romy durch den Kopf. Sie liebte Julius und sagte und zeigte es ihm sehr oft – das hatte bestimmt ebenfalls Einfluss auf seine emotionale Entwicklung. Irgendwas stimmte doch mit Romy nicht, wenn sie derart auf Klara losging. Aber ich muss mir auch nicht alles von ihr gefallen lassen, nur weil sie wegen dem Job so angepisst ist, stärkte sie sich selbst den Rücken, als es an der Tür klingelte.

»Da ist ja unser Julius!«, trompeteten ihre Eltern noch auf der Türschwelle im Chor.

»Hallo mein Süßer, ich bin deine O-ma! O-ma!« Leonore riss Klara das Kind aus dem Arm, was Julius erstaunlich gut mitmachte. »Und das ist dein O-pa! Opa! Herbert, sag du ihm, wer du bist!«

»Ich bin dein O-pa!«, gehorchte Herbert brav.

»Vorhin hat er Mama gesagt«, berichtete Klara stolz und auch um klarzustellen, welches Wort das allererste ihres Sohnes sein sollte.

»Natürlich, mein Schatz. Ich will dir zwar nicht deine Illusion rauben, aber anfangs nennen Kinder alles und jeden Mama – er muss also nicht dich direkt gemeint haben.«

Vielen Dank auch. »Aber wenn er Oma sagen würde, dann...«

»Ja, dann bezieht sich das auf mich.«

»Oder auf seine andere Oma.« Ätschi bätsch! Julius hat zwei Omas, aber nur eine Mama, dachte sie kindisch.

»Ja. Aber mal was anderes: dafür, dass du nur mit einer Freundin Kaffee trinken gehen willst, hast du dich ganz schön rausgeputzt.« Leonore musterte sie von oben bis unten. »Wenn deine Kleidung sprechen könnte, dann würde sie sagen...«

»Sie würde sagen, dass ich jetzt los muss. Gib mir Julius noch mal.« Klara drückte ihren Sohn noch einmal fest an sich und gab ihm einen dicken Kuss. »Tschüss mein Schatz. Mama ist jetzt ein bisschen unterwegs und du verbringst Zeit mit Oma und Opa. Und bis heute Abend bin ich wieder da.« Sie gab Julius an ihren Vater weiter, klemmte sich ihre Handtasche unter den Arm und rief beim Rausgehen: »Er ist frisch gestillt, frisch gewickelt und würde sich bestimmt freuen, mit euch an die frische Luft zu gehen. Mein Handy ist an. Bitte meldet euch, wenn etwas ist. Bis nachher!«

Oh mein Gott, diese Hände...diese warmen, festen, männlichen Hände, die sich an ihren Hüften festhielten. »Ohhh...«, stöhnte Klara und ließ ihren Kopf in den Nacken fallen. Lars zog sanft an ihren Haaren und hauchte Küsse an ihren empfindlichen Hals. Unter ihren nackten Pobacken spürte sie seine behaarten Oberschenkel, die sich immer wieder anspannten. Lars bewegte sich so sanft in ihr, dass sie keine Angst wegen ihrer zwar längst verheilten aber noch nicht getesteten Dammnaht überkam und füllte sie gleichzeitig so gut aus, dass sie vor lauter Lust kaum denken konnte. Ihre Hände krallten sich in die Sofalehne, als Lars' Rhythmus schneller wurde. Zum Glück ließ er ihre Brustwarzen in Ruhe – durch das ständige Stillen hatte ihr Busen im Moment einfach eine andere Funktion als sexuelle Stimulation.

Der Raum drehte sich um sie herum. Das graue Sofa, die grüne Yuckapalme in der Ecke unter der Schräge, der große schwarze Flachbildschirm, die Regale aus Chrom und Glas – alles verschwamm in einem dunstigen Nebel. Als sie vor einer Stunde seine Wohnung betreten hatte, hatte sie als erstes gedacht, dass nur ein Single-Mann mit Stilgefühl so wohnen konnte. Die gesamte Einrichtung strahlte Maskulinität und Verführung aus – und beides hatte er ziemlich schnell unter Beweis gestellt. Beiden war klar gewesen, dass sie sich nur aus einem Grund trafen, was langatmigen Smalltalk überflüssig machte und sie direkt zur Sache kommen ließ.

»Oh, Klara«, brummte Lars mit geschlossenen Augen, als er stoßweise in ihr kam. Klara erschauerte und schmiegte sich an seinen warmen Oberkörper. Sie konnte sich nicht erinnern, wann sie Sex schon einmal so sehr genossen hatte. Mit Lorenz hatte es zwar auch Spaß gemacht, aber nicht so sehr wie mit Lars. Endlich fühlte sie sich mal wieder wie eine begehrenswerte, entspannte und sexuell aktive Frau.

»Du schmeckst so gut«, sagte Lars mit seinen Lippen an ihrer Schulter, »nach...sag mal, kann das sein, dass du ein Erdbeerparfüm hast?«

Oh Mist. »Äh, ja, so ähnlich.« Das war der neue Duft aus dem Hause Hipp gepaart mit Julius' Babyspucke – seine Hinterlassenschaft nach seiner letzter Breimahlzeit. So viel zum Thema Auszeit einer Babymama.

»Also, eigentlich ist es doch gar nicht so schwer, wenn man wirklich abnehmen will«, erklärte Mirko über einem dampfenden Teller Pasta, während Romy in ihrem Bauernsalat herumstocherte. »Man muss nur die richtigen Dinge zur richtigen Zeit und in der richtigen Menge essen. Und eben Disziplin mitbringen, was Sport, Süßigkeiten und Junkfood betrifft.«

Romy rollte innerlich mit den Augen. Was zur Hölle hatte sie sich dabei gedacht, einen Fitnesstrainer zu daten?

»Am besten verzichtest du komplett auf Zucker. Auch Fruchtzucker ist gefährlich für einen Figurtypen wie dich«, schwafelte er ungefragt weiter.

Sie hätte beinahe gefragt, was für ein Figurtyp sie denn seiner Meinung nach war, wollte sich aber die

Erniedrigung ersparen, als Birnentyp oder sowas in der Art von ihm bezeichnet zu werden. Und sie hatte ernsthaft gedacht, er könnte sich doch noch zum Märchenprinzen wandeln, nachdem sie sich jahrelang insgeheim über ihn und sein Mister Boombastic-Gehabe lustig gemacht hatte.

»Und abends keine Kohlenhydrate, aber das kennt man ja mittlerweile. Das da lässt du also besser weg.« Dabei zeigte er auf ihr Baguette, das noch unberührt auf ihrem Tellerrand lag und herrlich ofenfrisch duftete. »Eiweiß ist am Abend die beste Wahl mit ein bisschen Öl, natürlich das kaltgepresste mit den vielen Omega-6-Fettsäuren.«

Das weiß ich auch alles aus Frauenzeitschriften, dachte Romy grantig und nahm sich vor, nachher zu Hause eine Pizza mit ganz viel Käse im extradicken, vor Kohlenhydraten strotzenden Rand zu essen. Allein aus Protest gegen diesen Diätscheiß, dem sie jetzt schon seit Ewigkeiten verfallen war. Aber es machte einen riesigen Unterschied, ob sie sich selbst Ernährungsregeln auferlegte oder ob der Mann, mit dem sie ins Bett zu gehen gedachte, ihre Kalorien zählte.

»Wenn du möchtest, unterstütze ich dich dabei. Wie viel hast du dir denn vorgenommen? So zehn Kilo?«

Fiel ihm denn gar nicht auf, dass er einen Monolog führte und sie ihn gar nicht um seine Hilfe gebeten hatte? »Zehn Kilo?« Entsetzt ließ sie die Gabel fallen.

»Sorry Süße, das war nur so ins Blaue geraten. Bis zur Größe 36 könnten es auch 15 Kilo sein. Das kommt halt drauf an, wie ambitioniert du an die Sache herangehen willst.« Über den Tisch hinweg legte er seine Hand zärtlich auf ihre, was sich gut anfühlte, aber überhaupt nicht zu ihren kochenden Emotionen passte. »Und für mich musst du übrigens nicht ein einziges Gramm verlieren. Für mich bist du die heißeste Frau hier am Tisch.«

Romy schaute ihm direkt in die Augen, nahm ihr Glas in die freie Hand und schüttete es ihm mit voller Wucht ins Gesicht. »Pass auf, dass dir der Zucker aus der Apfelschorle nicht in die Nase steigt und deine Gehirnzellen abtötet. Ach nee, du hast ja keine. Bis niemals mehr.« Energisch stand sie auf und verließ den Laden. Wütend, erniedrigt und mit dem Gedanken, dass sie sich wohl eine neue Sportart suchen müsste, stapfte sie nach Hause. Bereits an der nächsten Ecke bekam sie eine SMS von Mirko: »Du blöde Kuh verstehst wohl keinen Spaß! So eine wie dich hab ich echt nicht nötig!«

Entsetzt starrte sie das Display an. Warum ziehe ich immer die Spinner an, zweifelte sie ernsthaft an Amors Fähigkeiten. Zu Hause angekommen hatte sie 23 weitere Nachrichten von ihm erhalten, die zwischen Beleidigungen und Entschuldigungen schwankten. Von »Sorry, war doch nicht so gemeint« über »Warum meldest du dich nicht mehr?« bis »Du behindertes Weibstück« war alles dabei. Romy atmete tief durch und rief sich in Erinnerung, wie sie professionell mit der Situation umgehen konnte.

»Mirko, du hast offensichtlich ein Problem. Hier ist die Nummer vom sozialpsychiatrischen Dienst in Bielefeld. Bitte lass mich in Ruhe.« So, das wäre erledigt. Dachte sie zumindest.

Franziska betrachtete ihr nacktes Spiegelbild und vermied es dabei, sich selbst in die Augen zu schauen. Endlich war sie mal wieder in ihrer Wohnung, nachdem sie ihre verstreuten Klamotten zusammengesammelt und sich still und heimlich auf den Heimweg gemacht hatte. Er hatte sich auf ihrem Körper verewigt, als er ihr vor lauter Leidenschaft in die Schulter gebissen hatte. Marius. Die letzte Nacht hatte sie bei ihm verbracht und hatte Pierre erzählt, sie müsse eine Nachtschicht im Krankenhaus einschieben, weil eine Hebammenkollegin krank geworden sei. Wie sollte sie ihm den blaulilanen Abdruck auf ihrer Schulter nun erklären? Dass eine Gebärende vor Schmerzen zugebissen hätte? Wie war sie da nur hineingeraten? Auf der einen Seite hasste sie sich dafür, Pierre so etwas anzutun und so unehrlich zu sein. Auf der anderen Seite fühlte es sich auch gut an, die verruchte Seite auszuleben und ihrem inneren, von Marius oft abgewiesenen Teenager, Genugtuung zu verschaffen. Verbotenes hatte eben auch seinen Reiz. Und der Sex, der sich mit Marius schmutziger anfühlte als mit dem makellosen Doktor, lockte sie jedes Mal aufs Neue in sein Bett. Das Geräusch des Wohnungsschlüssels durchbrach ihre Gedankengänge.

»Franziska, bist du da?«, rief Klara im Flur.

»Mamamama«, hörte Franziska Julius fröhlich brabbeln.

»Ich bin im Badezimmer und komme gleich«, antwortete Franziska und zog sich schnell etwas über. »Du siehst irgendwie anders aus«, begrüßte sie Klara, als sie sich an der Krabbeldecke trafen, auf der Julius seine ersten Krabbelübungen machte. »Ich weiß nicht, was es ist, aber irgendwas...hast du was mit deinem Gesicht gemacht?«

»Ähm, keine Ahnung, was du meinst«, wich Klara ihr aus. »Vielleicht haben wir uns einfach schon lange nicht mehr gesehen.«

»Vielleicht. Oder du rückst einfach heraus mit der Sprache.« Wenn sie sich mit Klara befasste, musste sie sich zumindest nicht mit ihrem eigenen Gefühlschaos beschäftigen.

»Hast du einen Verdacht?«

»Ich vermute, dass es um einen Mann geht.«

»Warum?« Klara versuchte noch, sich vor einer Antwort zu drücken.

»Weil es immer um einen Mann geht. Traurigerweise. Und? Hab ich recht?«

»Ja.« Klara fing Julius gerade noch rechtzeitig auf, der gerade aus seiner yogaähnlichen Hundposition umgefallen war und drohte, mit dem Hinterkopf auf die Fliesen zu krachen. »Es geht um den Typen, den ich bei dem Single-Event in Romys Fitnessstudio kennengelernt hab. Lars heißt er.«

»Ah ja. Und wie hat er es geschafft, dass dir die Sonne aus den Ohren scheint?«

Klara grinste. »Er hat mir praxisnah gezeigt, dass Sex nach der Geburt noch funktioniert.«

»Schön zu hören.«

»Und was treibst du so?«

»Wieso?«, fragte Franziska panisch. Sah sie etwa auch verändert aus? Sah man ihr den Betrug an der Nasenspitze an?

»Was meinst du mit »wieso«? Wir unterhalten uns doch nur.« Klara verstand ihre komische Reaktion nicht. »Keine Sorge, ich bin an deinen und Pierres Sexgeschichten nicht interessiert.«

»Na dann. Da gibt es nämlich nichts Außergewöhnliches zu erzählen. Überhaupt nichts.«

»Also, das kaufe ich dir nicht ab. Mit jemandem wie ihm geht doch immer was.«

Franziska verdrehte die Augen. Es ging ihr schwer auf die Nerven, dass Klara und Romy Pierre immer für einen Bilderbuchpartner hielten. »Alles wie immer. Mit Pierre und mit den Patientinnen. Frauen werden schwanger, kommen zur Vorsorge, zur Geburt, zur Nachsorge. Ich hab nichts zu erzählen«, schloss sie ihren Vortrag und hoffte, dass Klara nicht weiter bohren würde.

»Ach, wo du von deinen Patientinnen sprichst: Ich hab eine Frage an dich.«

»Schieß los.« Franziska war froh, dass sie das Thema wechselten.

»Du begleitest doch Mütter im gesamten ersten Babyjahr, oder?«

»Ja, wenn die Mütter das wollen. Wieso?«

»Weil ich das Gefühl habe, dass es mehr Unterstützung für Mütter geben müsste.«

»Durch Hebammen?« Franziska zog die Augenbrauen hoch und fragte sich, wie viel sie denn noch arbeiten sollte.

»Nein. Ich hole mal weiter aus. Ich habe den Eindruck bei mir selbst und auch bei anderen jungen Müttern, die ich kenne, dass sie auf dem Zahnfleisch gehen.«

»Meinst du eine Art Wochenbettdepression?«

»Nein. Ich meine damit, dass Mütter sich zu oft überwiegend alleine um das Kind kümmern, weil die Männer entweder arbeiten oder gar nicht mehr anwesend sind - wie bei mir - und weil die Familie oft weit entfernt lebt. Meine Eltern und Schwiegereltern wohnen zwar in der Nähe, aber trotzdem mangelt es mir an so viel mehr als an Schlaf.« Julius war zu ihr herübergerobbt und hatte sich an sie gekuschelt, als ob er sie trösten wollte. Zärtlich streichelte sie ihm den Kopf.

»Woran fehlt es dir denn noch?«

»Ich kann es gar nicht so konkret sagen, aber ich glaube, ich vermisse mich selbst. Die Klara, die ich vorher war, wird es ja nie mehr geben, aber ich würde gerne öfter etwas für mich und mein Seelenleben tun.«

»Hm. Und was ist dabei deine Frage an mich?« So richtig verstand Franziska noch nicht, worum es Klara ging.

»Naja, wenn es anderen Frauen auch so geht, könnte ich daraus eine Geschäftsidee entwickeln und mich selbstständig machen.«

Franziska pfiff anerkennend durch die Zähne, was Julius zum Kichern brachte.

»Und du möchtest von mir wissen, ob es anderen Frauen auch so geht?«

»Genau.«

Franziska überlegte. »Die meisten Säuglingsmütter sind natürlich kaputt und müde, weil bei den meisten die Nächte anstrengend sind und die ganze Umstellung ihnen zu schaffen macht. Und ich bin mir sicher, dass alle an einen Punkt kommen, an dem sie sich Zeit für sich wünschen. Aber mehr kann ich dir dazu nicht sagen. Wahrscheinlich wäre es am besten, wenn du selbst andere Mütter befragen würdest.«

»Und wie komme ich an die heran?«

Franziska zuckte die Achseln.

»Du kennst doch so viele Mütter. Kannst du vielleicht was arrangieren?« Klara hatte es direkt im Gefühl, dass Franziska nicht begeistert von ihrer Idee war.

»Nee, lieber nicht. Zum einen unterliege ich doch der Schweigepflicht und zum anderen...naja...es ist doch noch gar nicht klar, ob irgendwas dabei herumkommt, oder?«

Vielen Dank für deine Unterstützung, dachte Klara angesäuert.


»Ganz einfach: du machst einen Aufruf bei Facebook«, beantwortete Tristan ihre Frage am nächsten Tag beim Babyschwimmen. Zum letzten Mal trafen sie sich mit Bettina und den anderen Mütter-Baby-Gespannen im badewannenwarmen Chlorwasser zum Planschen. Klara hatte ihm beim Umziehen der Kinder von ihrem neuen Plan berichtet, nachdem er sie gefragt hatte, wie es mit dem Bloggen lief. »Du schreibst einen kleinen Text an deine Pinnwand und bittest alle Mütter in deinem Dunstkreis, fleißig zu kommentieren. Und dann siehst du ja, was dabei herauskommt.«

»Keine schlechte Idee.«

»Danke. Die ist ja auch von mir«, gab er zwinkernd

zurück.

»Soll ich dir dabei helfen?«

Klara schmunzelte. Dachte er tatsächlich, sie bräuchte Hilfe dabei, bei Facebook etwas zu posten? Oder suchte er nach einem Grund, sich zu verabreden? »Was würde denn Claudia von deiner Hilfestellung halten?« Seine Ex hatte ihr ja deutlich zu verstehen gegeben, dass sie von seinen Flirtaktivitäten nicht angetan war.

»Das spielt keine Rolle. Claudia hat ihr Leben und ich hab meins. Also, was meinst du?«

»Ich meine, dass wir zu spät zur Begrüßungsrunde kommen.« So konnte sie zumindest noch während der Kurseinheit über sein Angebot nachdenken. Mit Julius auf dem Arm stand sie auf und hielt ihm eine Hand hin, um ihm und der kleinen Laila aufzuhelfen. »Kommt ihr mit?«

»Bekomme ich heute noch eine Antwort?«

Wie beim ersten Mal beim Babyschwimmen lagen die Kinder entspannt in den kleinen Planschbecken und trieben auf dem Wasser herum, nachdem sie zu »Alle meine Entchen« und anderen Hits durchs Wasser gezogen worden waren. Laila und Julius vergruben ihre ersten Zähnchen in den Plastikbällen, während Tristan Klara anbaggerte.

»Okay.«

»Okay was?« Tristan guckte perplex.

»Wir treffen uns. Aber dabei trinken wir Kaffee oder so, denn ganz ehrlich: mit Facebook komme ich alleine klar.« Sie war schließlich Anfang dreißig und kein Dummchen, das sollte er wissen.

»Klingt gut. Wenn wir hier fertig sind, geb ich dir meine Nummer und wir gucken nach einem Termin.«

»Okay.« Sie nickte ihm lächelnd zu und fragte sich, ob sie ihm ehrlicherweise sagen sollte, dass sie sich auch noch mit einem anderen traf. Würde ihr Treffen genauso ablaufen, wie das mit Lars? Wollte sie das überhaupt?

»Okay«, echote er und sah aus, als würde ihn schon die Vorfreude erregen.

»Hey Ricarda, die zwei Wochen sind um und ich würde dich immer noch gerne wiedersehen. Wie sieht`s aus? LG Tristan«

Romy schaute mit gemischten Gefühlen auf ihr Handy. Einerseits fand sie es süß, dass er noch nicht aufgegeben hatte. Andererseits hatte sie nach Paul und Mirko vorerst die Nase voll von Männern. Da gab sie sich lieber noch ein wenig der Fantasie hin, dass Tristan ein toller Typ war, bevor sie sich trafen und sich auch bei ihm herausstellte, dass er ein Idiot war. So konnte sie sich den Glauben an die Männerwelt noch ein bisschen erhalten. Wenn aus ihnen ein Paar werden sollte, dann würde es auch dazu kommen.

»Ach Gottchen, Frau Kollegin, hast du die E-Mail von Dr. Schilling schon gelesen?«, fragte Gustav mit gespielter Empörung hinter seinem Computerbildschirm. Anders als Romy hatte er das Glück, kein Kostümchen tragen zu müssen. Zum einen war seine Zeit in der Beratungsstelle ja nur noch sehr begrenzt und zum anderen sollten zukünftig keine Männer mehr eingestellt werden, was das Designen eines männlichen Outfits überflüssig machte. Während Gustav also in Jeans und Pulli zur Arbeit kam, trug Romy das neue Ensemble »Stewardess meets Playboy«, in dem sie sich in dem typischen Sozialarbeiterbüro mehr als fehl am Platz fühlte. Die gelben Gardinen, der Ficus Benjamini und die orangefarbene Tischdecke auf dem Beratungstischchen vertrugen sich nicht mit ihrem kirschroten Blitz Illu-Dress.

»Nein, hab ich noch nicht.« Ist mir auch egal, weil ich mir sowieso so schnell wie möglich was anderes suche. Ihre Kündigung lag schon zum Ausdrucken bereit auf ihrem Desktop, ihre Bewerbungsunterlagen waren auf dem neusten Stand und die Stellenanzeigen diverser Jobbörsen checkte sie jeden Abend.

»Ich an deiner Stelle würde mir die E-Mail mal anschauen.«

Romy seufzte. Eigentlich wollte sie erst Tristan antworten, war jetzt aber doch neugierig geworden. In ihrem E-Mail-Programm klickte sie auf die neue Nachricht ihres neuen Chefs.

»Frau Schmidt, Herr Petzold, im Auftrag von Herrn Dr. Schilling informiere ich Sie darüber, dass Sie Ihre Arbeit ab der kommenden Woche nicht mehr wie gewohnt in der Goldstraße 33 verrichten werden, sondern in der Hubertus-Schneider-Allee 124. Dort wird Ihnen eine völlig neue Einrichtung in angesagtem Design zur Verfügung stehen. Mit freundlichen Grüßen, Cynthia Vogelsang.«

»Wo soll das denn sein?« Die neue Adresse sagte ihr nichts.

»Das ist dieser unpersönliche Glaskasten in diesem

schicken Businessviertel. Ich hab es gerade gegoogelt.«
Gustav hatte sich schon informiert. Was anderes hatten
sie ja zur Zeit auch nicht zu tun, seitdem auch die
Öffentlichkeit von ihren Neuerungen erfahren hatte.

»Oh mein Gott, da wird sich doch kein Privatkunde
hin verirren«, mutmaßte Romy, griff zum Hörer und
wählte die Nummer, die in Cynthias Signatur stand.

»Büro von Dr. Jens Schilling, mein Name ist Cynthia
Vogelsang. Was kann ich für Sie tun?«, flötete sie ins
Telefon.

»Hallo Cynthia, hier ist Romy Schmidt. Ich möchte
gerne mit Herrn Schilling sprechen.« Sie weigerte sich
vehement, seinem Doktortitel Beachtung zu schenken.
Den musste er doch irgendwo gewonnen haben. Oder
gekauft.

»Hallo Frau Schmidt, es tut mir leid, aber Herr Dr.
Schilling ist nicht im Haus. Kann ich Ihnen vielleicht
weiterhelfen?«

»Ich weiß es nicht. Sie haben uns eben eine E-Mail
geschickt und uns ab der kommenden Woche in ein
anderes Büro bestellt.«

»Ja.«

»Können Sie uns mehr dazu sagen?«

»Was möchten Sie denn noch darüber wissen?«

»Also, ich...« Romy hatte mit großer Wut im Bauch
angerufen, weil sie sich herumkommandiert wie eine
Marionette gefühlt hatte. Im Grunde hatte sie aber
keine tatsächliche Beanstandung in der Hand, so lange
der Arbeitsort nicht zu weit weg und die Umstände
sauber und hygienisch waren. »Können Sie mir sagen,
warum wir die Räumlichkeiten wechseln?«

»Ja. Herr Dr. Schilling möchte weg von dem Sozialarbeiterimage. Sie werden nicht mehr an solchen Schreibtischen sitzen, sondern hinter kleinen Tresen stehen, wie in einer Bank, nur dass ihre leuchten. Alles soll farblich abgestimmt sein, ein Büro in kirschrot, weiß und schwarz.«

Dann passe ich zumindest in meine Umgebung, dachte Romy sarkastisch und fragte sich, wie sie den ganzen Tag in Pumps stehen sollte, ohne dass ihr abends die Füße abfielen. »Das klingt ja total...äh...spannend. Cynthia, darf ich Sie noch etwas fragen?«

»Natürlich.«

»Wie lange arbeiten Sie schon für Herrn Schilling?«

»Seit vier Jahren. Warum fragen Sie?« Cynthia schien verwirrt zu sein.

»Und wie kommen Sie mit ihm zurecht?«, wich Romy ihrer Frage aus.

»Super. Er ist wirklich ein toller Chef«, entgegnete Cynthia sehr überzeugend, woraufhin Romy sich fragte, ob sie mit ihm schlief. »Er hat mir von Anfang an versprochen, dass er mich groß raus bringen wird und bisher hat er sich an alles gehalten.«

Groß rausgebracht als kleine Assistenzmaus, machte sich Romy im Stillen über Cynthias Naivität lustig.

»Ich habe als Praktikantin angefangen, bin jetzt Chefsekretärin und wurde gestern zum Chief Consultant befördert.« Ihr Stolz drang aus ihren Worten, wie ein praller Busen aus einem tiefen Ausschnitt.

»Chief Consultant?« Romy stand auf der Leitung.

»Ja. Ich bin ab sofort Ihre direkte Vorgesetzte.«

»Was machst du gerade, Klara?«, wollte Facebook von ihr wissen und sie dazu motivieren, ihre virtuellen Freunde an ihrem Leben teilhaben zu lassen. Nachdem sie den ganzen Tag lang mit Julius gespielt und ihn erfolgreich vor Stromschlägen, Platzwunden und ausgepieksten Augen bewahrt hatte, war er vorhin selig in ihren Armen eingeschlummert. Weder drückende Zähne noch Blähungen versperrten ihm den Weg ins Traumland und versprachen Klara einen freien Abend samt ruhiger Nacht.

Tja, wie sollte sie die Frauen in ihrer Facebookwelt ansprechen? Um besser überlegen zu können, nahm sie sich vor, erst einmal die Wohnung grob aufzuräumen – äußere Ordnung gleich innere Ordnung. Und wo sie schon einmal in Bewegung war, konnte sie auch gleich den Beckenbodentrainer einsetzen.

Beim Wegräumen von Julius' Spielsachen ging ihr durch den Kopf, wie blöd es zur Zeit zwischen ihr und ihren Freundinnen lief. Franziska hatte sich geweigert, ihr bei ihrer Umfrage zu helfen und mit Romy befand sie sich plötzlich nicht mehr auf einer Wellenlänge. Im nächsten Monat jährte sich der Todestag ihres Bruders zum ersten Mal und sie erinnerte sich daran, wie sie und Romy sich damals bewusst auf das Wesentliche im Leben besinnen wollten, um es mehr wertzuschätzen. War davon jetzt noch etwas übrig? Vielleicht sollte ich uns alle mal wieder an einen Tisch holen, entschied sie und schloss mit Nachdruck eine Plastikbox mit Babycrackern.

»Liebe Mütter«, tippte sie in das leere Feld, nachdem

sie den Beckenbodentrainer abgewaschen und eingepackt und sich selbst wieder mit dem Handy auf das Sofa gepflanzt hatte. »Wenn es ein Zentrum in eurer Nähe gäbe, das euch den Alltag mit euren Kindern im Baby- und Kleinkindalter erleichtern möchte, was müsste es anbieten? Was fehlt euch noch zu eurem Glück? Lasst eurer Kreativität freien Lauf! LG Klara« Kann ich das wirklich so schreiben? Klara rieb sich die Augen und fragte sich, ob sie sich selber überhaupt an so einem Aufruf konstruktiv beteiligen würde, als ihr Handy piepste.

»Hey Klara, was machste so? Sehen wir uns diese Woche wieder? Würd mich freuen ;-) LG Lars« Klara schmunzelte ihr Handy an. Mit den Männern lief es ausnahmsweise mal ganz gut, auch wenn es eigentlich nicht ihre Art war, zweigleisig zu fahren – wenn man das überhaupt so nennen konnte. Schließlich hatte sie ja nichts mit Tristan. Noch nicht.

»Hi Lars, gerne. Wie passt es dir am Wochenende?«, antwortete sie. Ihre Eltern oder Hildegard hatten am Samstag oder Sonntag bestimmt Zeit und Lust, sich für zwei Stündchen um ihren Enkel zu kümmern. Ihr Handy piepste erneut.

»Am Wochenende geht's nicht, sorry. Wie sieht's am Donnerstag Nachmittag aus?«

Klara ging im Geist ihren Kalender durch. »Ich hab da Zeit, muss aber noch jemanden für Julius finden. Ich melde mich wieder!«

»Is gut ;-)«

Beschwingt von der Aussicht auf Sex klickte sie bei Facebook entschlossen auf »Posten«. Es gibt nichts

Gutes, außer man tut es – egal, worum es ging.

»Und jetzt ganz tief atmen, Maria«, leitete Franziska eine ihrer Patientinnen im Kreißsaal an. »Ja, genau so. Du machst das toll. Atme, ruh dich aus.« Instinktiv holte sie selbst tief Luft, genauso, wie sie bei den Presswehen automatisch mitschob. Die Pause dauerte allerdings nicht lange. Bei Maria rollte die nächste Wehe heran. Sie stöhnte, kniff die Augen zusammen und zerquetschte ihrem bleichen Freund die linke Hand. »Und schieben, jaaa, schieb die kleine Maus heraus!« Sie sah das Köpfchen langsam hervortreten und ließ Maria zum ersten Mal ihre Tochter streicheln. »Jetzt kannst du sie gleich in die Arme schließen. Noch einmal mit aller Kraft schieben. Bist du so weit?«

Maria nickte schweißüberströmt, sammelte sich und fing an zu pressen.

»Ja, genauso! Gleich ist sie da!«, feuerte Franziska Maria weiter an, bis das kleine Mädchen das Licht der Welt erblickt hatte. Maria fiel erschöpft auf das Kreißsaalbett zurück, ihr Freund sank vor Erleichterung auf einen Hocker und der Nachwuchs tat empört seinen ersten Schrei. Franziska legte sie auf Marias Brust, deckte sie mit warmen Handtüchern zu und überließ die kleine Familie erstmal sich selbst, während sie alles Weitere vorbereitete. Diesen Moment mochte sie in ihrem Job besonders – die größte Anspannung war abgefallen, Mutter und Kind hatten in den meisten Fällen alles gut überstanden und die Welt hatte einen weiteren wundervollen Erdenbürger dazugewonnen. Und Franziska durfte daran teilhaben.

»Sehen wir uns heute Abend?«, stand verführerisch auf ihrem Handy, das sie in Sichtweite wegen ihrer anderen Patientinnen liegen hatte. Mit einem Schaudern erinnerte sie sich daran, wie Pierre ihren Bissabdruck entdeckt und natürlich hinterfragt hatte. Allerdings nicht auf die misstrauische Art. Er zog es gar nicht in Betracht, dass sie ihn betrügen könnte, denn schließlich waren sie seiner Ansicht nach ein glückliches Pärchen. Das machte ihr Auswärtsspiel irgendwie noch schlimmer, als sie es sowieso schon empfand. Ohne ihre Ehrlichkeit anzuzweifeln glaubte er ihre Geschichte von der schmerzgepeinigten Patientin, die sich Erleichterung durch Beißen verschaffte. »Vielleischt darf isch gleisch auch ein bissschen an dir knuspern, chérie«, hatte er daraufhin vorgeschlagen und zärtlich ihre Handinnenfläche geküsst. Wieso tat sie ihm das nur an?

Die SMS kam von Marius. Seitdem er aus dem Krankenhaus entlassen, aber immer noch krankge-schrieben war, bekämpfte er seine Langeweile am liebsten damit, Franziska zu hemmungslosen Treffen zu sich einzuladen. Jedes einzelne Mal sagte sie sich danach, dass sie sich nicht noch einmal darauf einlassen würde. Für sie beide war es nicht mehr als Sex – so viel war klar. Warum sollte sie  - noch mehr als sowieso schon – ihre Beziehung zu Pierre aufs Spiel setzen? Für einen Mann aus ihrer Vergangenheit, der genauso mit ihr spielte wie damals?

»Ja«, antwortete sie trotz allem. Nur noch einmal, wirklich.

»Eine Sauna wär super – mit Glasscheibe, durch die ich meinen Sohn sehen kann. Sowas wie beim FBI oder so, die von einer Seite verspiegelt ist, damit er in Ruhe spielen und ich mich entspannen kann«, schrieb eine Facebookfreundin.

»Absolut flexible Kinderbetreuung zwischen 9 und 19 Uhr«, kommentierte eine andere.

»Krabbelgruppenflair ohne Vergleicherei. Ich will nicht erzählen, was meine Tochter gerade gelernt hat und ein schockiertes »Jetzt erst?!« um die Ohren geschmettert kriegen. Kommunikationsregeln wären toll«, fand eine Dritte.

Klaras Aufruf war eingeschlagen wie eine Bombe. Kurz nachdem sie auf »Posten« gedrückt hatte, war sie zu Julius ins Bett gekrochen und hatte den Dingen ihren Lauf gelassen. Am nächsten Vormittag hatte sie bereits 143 Likes und 62 Kommentare. Dabei hatte sie gar nicht auf dem Schirm, dass sie überhaupt so viele Kontakte hatte. Zugegebenermaßen kannte sie auch nicht alle persönlich, die sich hier an der Diskussion beteiligten. Natürlich waren darunter auch unrealistische Beiträge, wie zum Beispiel eine Wand mit Stillbrüsten auf Kleinkindhöhe, um nicht mehr selber stillen zu müssen, eine Wickelstation wie eine Autowaschstraße, durch die man die Kinder einfach nur durchschicken muss oder einen mit Lavendelduft getränkten Raum für die Kinderbetreuung, aus dem die Kinder garantiert müde und nachtschlafbereit abgeholt werden können. Und wie immer bei Facebook gab es auch unter ihrem Text Stimmen, die gegen sie ätzten: »Ach, die armen Mütter wieder. Sitzen den ganzen Tag mit den Kindern zu Hause und haben immer noch was zu meckern«, beschwerte sich ein Mann. Ein Mann, dessen Frau vermutlich zu Hause war, während er genauso wie vor der Elternschaft arbeiten ging. Welche Mutter sitzt denn bitte schön den ganzen Tag?, fragte Klara sich stirnrunzelnd und dachte daran, wie oft sie hinter Julius herkrabbelte oder mit ihm auf dem Arm Dinge erledigte, für die die meisten Menschen zwei Arme brauchen – einen Wäschekorb tragen oder Essen kochen beispielsweise.

»Liebe Klara, dein Kind scheint ein Kristallkind zu sein, welches dir deine Anspannung spiegelt. Aus deinem Aufruf entnehme ich, dass du ausgelaugt bist. Entspanne dich selbst und dein Kind wird wieder einfacher zu händeln sein. Finde dein inneres Zentrum, dann brauchst du kein äußeres Zentrum, das dir unter die Arme greift. Alles Liebe für dich«, schrieb eine Weitere. Zuerst dachte Klara, es handelte sich dabei um ihre Mutter, die sich ins Soziale Netzwerk verirrt hatte. Solche Kommentare störten sie auf Grund des »Du selbst bist das Problem«-Untertons ungemein und offensichtlich war sie damit nicht alleine. Dieser Kommentar hatte 27 wütende Smileys und einen kleinen Shitstorm geerntet.

»Und was gab es noch für Ideen?«, wollte Tristan wissen. Natürlich war er stolz darauf, dass sein Vorschlag, bei Facebook einen Aufruf zu starten, erfolgreich gewesen war. Klara saß in seinem Wohnzimmer auf einem blauen Sofa und trank ihren Kaffee, während Julius und Laila munter durch die Gegend krabbelten.

»Echt viele. Damit hatte ich im Traum nicht gerechnet! Und es kommen immer mehr dazu!« Klara konnte die Resonanz nicht fassen. Anscheinend hatte sie ein Fass aufgemacht, das längst fällig gewesen war. »Viele wünschen sich mehr Wellness und Sport, also Sauna, Nageldesign, Gymnastikkurse, Massagen und so. Andere brauchen dringend mal wieder Austausch mit anderen, der sich eben nicht um Kinder dreht, sondern um sie selbst. Und wieder andere möchten beruflich auf dem Laufenden bleiben, ohne viel Zeit mit ihrem Kind einbüßen zu müssen. Ich hab das Gefühl, dass alle die Schwierigkeit haben, jemanden für die Betreuung ihrer Kinder zu finden, weil die Großeltern oft weit weg wohnen.« Sie atmete tief durch. »Und selbstverständlich sind sich alle einig, dass so ein Zentrum nicht viel kosten darf. Dass wir überhaupt das Elterngeld in Deutschland haben ist ja gut und schön, aber große Sprünge sind damit eben trotzdem nicht drin.«

Tristan nickte nachdenklich. »Und was hast du jetzt mit den ganzen Infos vor?«

»Tja, gute Frage. So genau weiß ich das auch noch nicht.« Aus den Augenwinkeln sah Klara, wie Julius etwas grobmotorisch Lailas Kopf streichelte. »Julius, ganz liebevoll ei machen, okay?«

Julius hielt inne, lachte seine Mama schelmisch an und tätschelte tatsächlich sanfter Lailas Arm.

»Genau, ei ei«, kommentierte Klara seinen Lernerfolg mit stolzer Mutterbrust. »Ich hab schon eine Vorstellung davon, was ich alles in so einem Zentrum realisieren könnte, aber...stop, Julius, ganz liebe-

Julius!«

Mit seinen Fingerchen war er Lailas Augen bedrohlich nahe gekommen, was sie mit erschrockenem Wegkrabbeln quittierte. Klara sprang auf und nahm ihren Sohn auf den Schoß. Dass sie und Tristan sich überhaupt schon so viel hatten unterhalten können, obwohl die beiden Kleinen in der Wohnung herumwuselten, grenzte schon an ein Wunder. Zumindest würden sie so garantiert nicht in prekäre Situationen kommen.

»Aber?«, fragte Tristan, der Laila zwischenzeitlich in ein kleines Bällebad gesetzt hatte.

»Aber was?« Klara hatte wie so oft den Faden verloren.

»Du wolltest gerade erzählen, was dich von deiner Vorstellung von so einem Zentrum abhält.«

»Ach so.« Sie reichte Julius einen Babykeks, um wenigstens noch den Satz zu Ende sprechen zu können. Dabei hatte sie sich immer vorgenommen, ihr Kind niemals mit Essen ruhigzustellen. Naja. »Da wären zum einen die Finanzen. Wie soll ich sowas bezahlen? Einen Kredit möchte ich nicht aufnehmen und meine Rücklagen sind nicht erwähnenswert. Zum anderen stellt sich ja die Frage nach dem Ort. Wie groß muss so ein Gebäude sein? Wie soll ich das finden? Und womit müsste ich mich noch auseinandersetzen? Mit dem Finanzamt? Dem Gewerbeamt? Dem Bauamt? Das überfordert mich jetzt schon.«

»Aber das klingt doch alles schon recht konkret.«

Hatte er ihr nicht zugehört? »Du sagst konkret, meinst aber verwirrt, oder?«

Tristan lachte herzlich. »Nein. Du hast viele Fragen im Kopf – ja. Aber das sind doch alles Fragen, die sich kurzfristig beantworten lassen. Woher du das Geld nehmen sollst, weiß ich auch nicht, aber vielleicht könntest du eine Crowd Founding-Aktion ins Leben rufen oder so. Das gibt's doch mittlerweile immer öfter.«

»Jetzt hab ich noch mehr Fragezeichen im Kopf.«

»Naja, wenn das Interesse an deinem Projekt wirklich so groß ist, könntest du dazu aufrufen, dass sich andere erstmal finanziell einbringen müssen, damit es in die Tat umgesetzt werden kann. Und wenn du eine Summe X zusammen hast, kann es losgehen.«

In ihrem Kopf ratterte es. »Du meinst, dass sowas funktioniert?«

»Ja. Bei anderen funktioniert es zumindest. Nicht bei jedem Projekt, aber bei manchen schon.« Tristan trank einen Schluck Kaffee. »Und die restlichen Fragen kann dir bestimmt ein Steuerberater beantworten.«

Crowd Founding. Steuerberater. Gewerbeamt. Finanzamt. Immobilienmarkt. Wow. So viele Fragen, so große Träume. Sie als selbstständige Mutter, die ein Wellness- und Begegnungszentrum für Mütter leitet. Ein geschwungener Schriftzug erschien vor ihrem geistigen Auge, der sich in ihr Gehirn tätowierte.


»Kommt ein Mann die Treppe rauf«, stimmte Lorenz ungewohnt kinderfreundlich an, »klingelt an, klopft an, guten Tag Herr Nasemann.« Julius schaute ihm fasziniert dabei zu und entblößte lachend seine beiden neuen Schneidezähne. Es war mal wieder so ein

Sonntag, an dem Familie Weber darauf bestanden hatte, Kontakt zu Julius knüpfen zu wollen und Klara mit ihm herbestellt hatte. Ähnlich wie vor einem Jahr saßen sie bei schönstem Sommerwetter in dem dunklen, altbackenen Wohnzimmer. Ähnlich wie damals – und doch war so vieles anders.

»Warum kommt denn ein Mann die Treppe rauf? Es wäre doch viel gerechter, wenn eine Frau die Treppe rauf käme, wenn schon ein Mann die Tür öffnet.« Veronika, eine neue Flamme von Lorenz, sah sich anscheinend als Frauenrechtlerin und warf Klara solidarische Blicke zu – obwohl es Klara völlig egal war, ob Mann, Frau oder Außerirdischer in dem Reim vorkam.

»Schatz«, setzte Lorenz peinlich berührt an und schaute verstohlen zu seinem Vater herüber. Im Normalfall wäre Konrad garantiert über Veronika hergefallen und hätte sie und ihre emanzipierten Ansichten zerpflückt. Vermutlich hätte er gesagt, dass eine Frau allerhöchstens die Treppe rauf kam, um sie dann zu wischen. Heute war er allerdings nicht ganz auf der Höhe. »Vater? Alles in Ordnung?«

Konrad zuckte leicht zusammen und schaute auf. »Was? Ich war gerade mit den Gedanken woanders.«

»Wo ist denn deine Mutter, Lorenz? Die wolltest du mir doch heute auch vorstellen.« Was Veronika an genderausgleichenden Ideen im Überfluss hatte, fehlte ihr an Empathie. Atmosphärisch war es absolut greifbar, dass Hildegard nicht nur kurz einkaufen war. Wieder ruhten alle Blicke auf Konrad, der sich erklären musste.

»Also, Lorenz, Alexander, eure Mutter ist...« Konrad stammelte herum.

Ausgezogen? Weggelaufen? Tot? Klara dachte an ihre letzte Begegnung mit Hildegard und dem Wutgespenst.

»Was ist mit Mutter?«, bohrte Lorenz nach.

Alle im Raum hielten gespannt die Luft an. Selbst Veronika schien endlich den Ernst der Lage zu begriffen zu haben und hielt den ungeschminkten Mund.

»Sie ist im Urlaub.« Konrad sagte das mit einer Stimme, als befinde sich seine Frau im Hospiz.

»Wie jetzt, im Urlaub?« Lorenz und sein Zwillingsbruder guckten verwirrt.

»Wie schön für sie! Wo ist sie denn? Meinen letzten Urlaub habe ich mit Freundinnen auf Ibiza verbracht. Das war sooo cool!«, schwärmte Veronika gedankenlos vor sich hin. Auch wenn sie neu hier war, hätte ihr auffallen müssen, dass ein Single-Urlaub für Hildegard Weber mehr als außergewöhnlich war.

»Auf Ibiza ist sie nicht. Hildegard ist zum Timmendorfer Strand gefahren.«

Was ihm offensichtlich gegen den Strich ging, dachte Klara.

»Alleine?«, wollte Alexander wissen und hatte seine Polizistenmiene aufgesetzt, die er bestimmt auch bei Vernehmungen trug.

»Nein. Sie hat eine Frau kennengelernt, mit der sie zusammen gefahren ist.«

»Wo lernt sie denn andere Menschen kennen? Im Supermarkt?« Lorenz lachte spöttisch, was Klara übel aufstoßen ließ. Immerhin war Hildegard seine Mama und sie hoffte, dass Julius niemals so über sie herziehen würde.

Konrad räusperte sich. »Beim Bauchtanz.«

»Sie macht was?!« Die Brüder schienen aus allen Wolken zu fallen.

»Bauchtanz. Eure Mutter besucht seit ein paar Wochen so einen Bauchtanzkurs und hat da eine andere Frau kennengelernt, die ihr den Floh ins Ohr gesetzt hat, ein Wellnesswochenende mit ihr zu verbringen.«

»Also, ich finde Bauchtanz ja so sexistisch. Der dient doch nur dazu, Männer zu betören.« Veronika rümpfte die Nase, als hätte man vor ihr einen vollen Windeleimer geöffnet.

»Was ist das für eine Frau?«, fragte Alexander. »Hast du sie dir angeschaut?«

Klara musste sich ein Lachen verkneifen. Als wäre Hildegard ein junges Ding und nicht in der Lage, sich ihre Freunde selbst auszusuchen. Bestimmt hätte Alexander diese ominöse Frau auf ihre Vorstrafen hin überprüft.

»Nein. Ich durfte sie gar nicht treffen. Ich weiß nur, dass Hildegard seit Freitag mit ihr an der Ostsee ist und morgen Mittag wiederkommt.«

Hatte ihre Schwiegermutter vielleicht eine Affäre? Immerhin wäre es ja nicht das erste Mal, dass sie sich woanders als zu Hause Bestätigung verschaffte. »Und wie geht`s dir damit, Konrad?« Ganz beiläufig setzte sie ihm Julius auf den Schoß, weil die meisten Leute weicher und emotionaler wurden, wenn ihnen Babyduft in die Nase stieg.

Julius schaute sich interessiert zu seinem Opa um und streckte seine Fingerchen nach Konrads Augen aus. Augen fand er zur Zeit absolut spannend.

Klaras Plan ging auf. Konrad fing an zu lachen und sie war sich sicher, dass sie so ein wonniges Geräusch noch nie aus seinem sonst eher Säure verspritzenden Mund gehört hatte. Gleichzeitig guckte er bedröppelt, versuchte sich aber immer noch hart und unberührbar zu zeigen. »Also, wenn sie unbedingt meint, Zeit ohne mich verbringen zu müssen, dann soll sie doch machen, was sie will. Ich kann sie ja schlecht hier festbinden.«

Er scheint sie zu vermissen, stellte Klara fest und schaute ihm so liebevoll in die Augen, wie es ihr möglich war angesichts dessen, was sie in der Vergangenheit schon mit ihm ertragen musste.

Konrad wich ihrem Blick aus. »Sie hat bisher nicht einmal angerufen, ob sie heile angekommen ist.«

Und Sorgen macht er sich auch, jubelte Klara innerlich. Harte Schale, weicher Kern.

»Aber genug jetzt von mir.« Energisch schob er seinen Enkel von seinem Schoß herunter auf den Teppich. Julius guckte zwar verdutzt, krabbelte dann aber abenteuerlustig auf die nächste Topfpflanze zu. »Was gibt`s denn Neues bei euch, Männer?«

»Oh, ich hab Neuigkeiten«, rief Lorenz euphorisch. Veronika nickte wissend und sichtlich freudig über das, was er gleich erzählen wollte.

Julius bekam doch hoffentlich kein Halbgeschwisterchen von dieser Möchtegernemanze, oder?

Lorenz holte Luft und schaute zu Klara. »Ich hab

vorgestern mit meinem Anwalt telefoniert. Unsere Scheidung ist fast durch!«

Erleichtert atmete Klara aus. Als geschiedene Frau würde ihr nächstes Sex-Date mit Lars umso mehr Spaß machen.

»Mit Mirko möchtest du sprechen? Da muss ich dich enttäuschen: der hat vor einigen Tagen plötzlich gekündigt und ist untergetaucht«, erklärte der Fitnessstudioinhaber Dimitri verärgert. »Der hat hier ein ganz schönes Chaos angerichtet. Der ganze Dienstplan ist durcheinandergeraten. Was willste denn von dem?«

Auf Romys Armen breitete sich trotz des Sommerwetters eine schmerzhafte Gänsehaut aus. »Also, das klingt vielleicht verrückt, aber ich befürchte, dass er mich stalkt.« Seit ihrem unvergesslich beschissenen Date hatte er ihr dutzende Nachrichten geschickt, in denen er sie wahlweise anflehte, ihm zu antworten oder sie aufs Übelste beschimpfte. Es schien, als schwankte er zwischen brennender Liebe und glühendem Hass hin und her. Sie hatte immer öfter Alpträume und fühlte sich nicht mehr sicher.

»Nicht schon wieder.« Dimitri rollte mit den Augen.

»Was soll das heißen?«

»Na, du bist nicht sein erstes Opfer. Und nachdem hier schon einmal die Bullen aufgekreuzt sind und ich ihm eine Abmahnung geschrieben hab, hatte ich gehofft, dass er diesen Blödsinn jetzt sein lässt.« Für einen eincheckenden Kunden setzte er kurz seine einstudierte Maske auf, um direkt danach wieder sauer auf Mirko zu sein. »Das erklärt natürlich, warum er so Hals über Kopf abgehauen ist.«

Romy nickte und fragte sich, was sie nun tun sollte. Und ob sie überhaupt etwas tun konnte.

»Belästigt er dich denn sehr schlimm?«

»Ja, mit SMS und kleinen Geschenken. Heute Morgen hatte ich eine rote Rose im Briefkasten, an die-«

»Ach, du armes Ding. Ein Mann schickt dir Blumen und du regst dich auf? Euch Frauen soll mal einer verstehen.«

»An die Rose hatte er ein kleines Kreuz aus Pappe an einer Kette gehängt, auf dem stand: Romy Schmidt - Ruhe in Frieden.«

Dimitris einsetzende Blässe machte seinen dummen Spruch von vorhin wieder wett. »Oh Shit. Der hat'se ja nicht mehr alle. Und was willste jetzt machen?«

»Keine Ahnung. Vermutlich zur Polizei gehen in der Hoffnung, dass die irgendwas unternehmen.« Ihr Handy piepste und sie betete, dass es nicht schon wieder Mirko war.

»Liebe Romy, liebe Franziska, genau heute vor einem Jahr sind zwei schlimme Dinge passiert: ich habe Lorenz geheiratet und mein Bruder hat sich umgebracht. Lasst uns das Leben feiern und uns endlich mal wieder zu einem gemütlichen Abend treffen. Ich würde mich so sehr freuen. LG Klara«

Von Herzen gerne, dachte Romy gerührt. Hoffentlich würden sie das Kriegsbeil endlich begraben können.

Lars küsste unablässig Klaras Schultern, während er mit seinen Händen das duftende Duschgel auf ihrem

Körper verteilte. Keinen Zentimeter ließ er dabei aus und glitt langsam von hinten in sie hinein. Klara stöhnte auf und genoss das Zusammenspiel aus warmem Wasser und den kühlen Fliesen unter ihren Handflächen. Ihren Freundinnen hatte sie geschrieben, dass sie das Leben feiern müssen und genau das tat sie jetzt gerade mit Lars.

»Ich liebe deinen Körper«, hauchte er sehr ehrlich. Dass sie eine Beziehung beginnen würden, hatte noch nie im Raum gestanden. »Gefällt dir, was ich mit dir mache?«

»Ja, sehr sogar. Hör bloß nicht damit auf.«

Lars bewegte sich schneller und stützte seine Hände auf ihren an der Wand der Dusche ab. Klara bog ihren Rücken durch, kam ihm entgegen und spürte, wie sie sich dem Höhepunkt näherte. Ihr Atem ging schneller, ihr Herz hämmerte hart gegen ihren Brustkorb.

»Oh Klara«, keuchte Lars, als er kam und sich erschöpft auf ihre Körperrückseite sinken ließ. »Bist du auch auf deine Kosten gekommen?«

»Noch nicht ganz, aber ich hätte auch noch eine halbe Stunde, bis ich Julius wieder abholen muss.« Mit einem auffordernden Blick drehte sie sich zu ihm um.

»Verstehe.« Sein Mund legte sich auf ihren und er küsste sie lang und zärtlich, bis er vor ihr auf die Knie ging. Ums Heiraten ging es dabei allerdings nicht.

# AUGUST

echte Freundinnen, die:
absolut überlebensnotwendige Menschen im Leben
einer Kleinkindmutter, um nicht durchzudrehen

Franziska hörte schon durch die geschlossene Wohnungstür, dass die Vorbereitungen ihres Mädelsabends in vollem Gange waren. Klara und Romy deckten quasselnd den Tisch und füllten die Zutaten für ihren Raclette-Abend in kleine Schälchen.

»Und Cynthia sagt dir jetzt wirklich, wie du deine Arbeit zu tun hast?«, fragte Klara, während sie eine rote Zwiebel in Ringe schnitt.

Franziska sah Romy mit rollenden Augen nicken und trat in die Küche. »Hallo ihr beiden.« Sie sah dem Abend mit gemischten Gefühlen entgegen. Mit Klara und Romy zu quatschen machte ihr so lange Spaß, bis sie anfingen, Pierre in den Himmel zu loben. Oder über alte Zeiten zu reden, in denen Franziska noch nicht vorkam. Dann fühlte sie sich ausgegrenzt wie ein unbeliebtes Kind auf dem Schulhof und wurde sich schmerzlich dessen bewusst, dass die beiden mehr miteinander befreundet waren als mit ihr.

»Franziska!« Klara stürzte mit einem pinken Getränk in einem Sektglas auf sie zu und drückte sie ungewohnt fest an sich. »Wie schön, dass du da bist! Ich freue mich so sehr, dass das geklappt hat.«

Perplex schaute sie erst auf den Drink und dann Klara in die Augen. »Was ist in dem Zeug und wie viel hattest du schon davon?«

»Viel Frucht, viel Zucker, viel Kohlensäure, aber natürlich kein Alkohol. Ein hebammen- und stillfreundliches Gesöff.«

Jetzt kam Romy auf sie zu und nahm sie ebenfalls in den Arm. »Hallo Franziska.« Auch Romy verhielt sich überschwänglich und aufgeputscht. »Was hast du denn alles an? Draußen ist es doch sauheiß.«

Franziska zog sich ihre dünne Strickjacke aus, weigerte sich aber, den Schal abzulegen. Den hatte sie vermutlich im letzten Winter in ihrem Auto vergessen und vorhin zum Glück im Kofferraum entdeckt. Marius hatte sich heute Nachmittag mal wieder nicht zurückhalten können und sich animalisch an ihrem Hals festgesaugt. Spagettiträgertop und Wollschal waren bestimmt irgendwo total in.

»Wenn ihr wollt, könnt ihr schon mal das Raclette-Gerät anstellen. Ich schaue noch mal kurz nach Julius und dann kann es losgehen.«

Als Klara zurück aus dem Schlafzimmer kam, setzten sie sich auf die Plätze, die Klara liebevoll mit Servietten und Namensschildchen geschmückt hatte. Nach wenigen Minuten hatte sich neben dem Gerät auch der ganze Raum saunamäßig aufgeheizt und roch nach gebratenem Fleisch, brutzelndem Gemüse und zerlaufenem Käse.

»Müssen wir eigentlich leise sein?«, fragte Romy vorsichtshalber, bevor sie so richtig mit dem Geschnatter und Gekicher loslegen würden. Jedenfalls erwartete sie das, weil sie so einen typischen Mädelsabend so sehr vermisst hatte.

»Nein, gar nicht. Julius schläft zur Zeit wie ein Stein – toi toi toi - was echt himmlisch ist. Und außerdem sind wir ganz alleine im Haus. Alle Nachbarn sind im Urlaub.«

»Cool, dann habt ihr ja sturmfrei.«

»Ja, das ist schon gut, außer, dass wir die Verantwortung für alle Mülltonnen und Briefkästen haben.«

»Na, dann können wir ja anfangen.« Romy erhob ihr Glas. »Auf unseren Frauenabend!«

»Auf unseren Frauenabend!«, stimmte Klara mit ein und spielte mit der freien Hand an dem Babyphone herum, was Romy gütig als nervöses, mütterliches Syndrom abtat.

Franziska tropfte der Schweiß aus den Brauen in die Augen. »Auf uns!«

»Jetzt zieh dich doch endlich aus, wenn dir so heiß ist«, raunte Romy Franziska zu. »Du verwässerst uns noch den Dosenspargel.«

Franziska zögerte, legte dann aber doch den Schal ab.

»Uhhh«, jubilierten Romy und Klara im Chor.

»Dr. Big Love Dubois hat einen auf Staubsauger gemacht«, kicherte Romy.

»Das hätte ich gar nicht von ihm gedacht«, ergänzte Klara. »Nicht von so einem gestandenen RTL-Bachelor-Typen. Ist das nicht mehr so ein Teenieding?«

Franziska schaute überinteressiert nach ihren Pfännchen und prüfte den Aggregatzustand des Käses. »Ich weiß nicht...ist ja auch keine große Sache.«

»Auf jeden Fall scheint es gut bei euch zu laufen«, schlussfolgerte Klara. »Oder vermutest du immer noch, dass er dir was verheimlicht?«

Klara und Romy tauschten kurz einen Blick, der Franziska nicht entging. War ja klar, dass die beiden sich hinter ihrem Rücken gegen sie verbündet hatten. »Nee. Alles tutti. Können wir bitte das Thema wechseln? Wie sieht`s denn bei euch aus? Klara, konntest du ein paar Mütter interviewen?«

Klara erinnerte sich daran, dass sie heute Abend nicht darüber nachdenken wollte, dass Franziska ihr dabei nicht helfen wollte. Ihre Enttäuschung bahnte sich trotzdem einen Weg in ihre Magengrube. »Naja, ich hab ja diesen Aufruf bei Facebook gestartet und echt viele Kommentare bekommen. Da waren ganz spannende Sachen dabei.«

»Oh, das hab ich auch verfolgt«, schaltete Romy sich ein. »Was da manche für einen Quatsch geschrieben haben!«

»Was meinst du denn zum Beispiel?«

»Zum Beispiel die eine Mutter, die sich eine Flatrate für Paarberatungen wünscht.«

»Warum empfindest du das als Quatsch?« Viola vom Babyschwimmen hatte diesen Wunsch geäußert, erinnerte sich Klara. Romy hatte doch keine Ahnung, wie das Leben als Mutter ist, dachte Klara mit einem Anflug von Ärger.

»Ich finde, dass Paare, die Eheprobleme haben, erst gar keine Kinder kriegen sollten. Die sollten sich vor einer Geburt mit ihrem Kram auseinandersetzen.«

»Und wenn ein Paar bis zur Geburt glücklich war und sich durch die Elternschaft ganz andere Konfliktthemen ergeben haben? Sowas kann doch auch passieren.«

Romy antwortete nur mit einem verständnislosen Schnauben.

Die anfänglich gute Stimmung drohte zu kippen und machte betretenem Schweigen Platz.

Franziska schämte sich dafür, dass sie sich über den Zwist zwischen Klara und Romy freute. »Und Romy, was gibt`s bei dir Neues?«

Romy schüttete sich frustriert Sauce Hollandaise über ihre Kartoffeln und versuchte, die Gedanken an deren Fettgehalt zu verscheuchen. »Ach, abgesehen von meiner neuen Chefin Cynthia hab ich nichts zu erzählen.« Und mir ist auch mein Mitteilungsdrang vergangen, dachte sie mit einem Seitenblick zu Klara, die schon wieder Richtung Schlafzimmer schaute.

»Kein neuer Mann am Start?«, bohrte Franziska weiter.

»Nö.« Irgendwie entsprach das ja der Wahrheit, schließlich tauschten sie und Tristan ja maximal SMS aus und nicht Knutschflecken wie Franziska und Pierre. Und an Stalker-Mirko wollte sie heute Abend gar nicht erst erinnert werden.

»Finde ich gut.«

»Wieso?« Das interessierte Romy jetzt aber doch.

»Naja, nach diesem ganzen Diätkram und deinen vielen Versuchen, dich zu verlieben, ist es vielleicht ganz gut, wenn du erstmal Zeit mit dir selbst verbringst«, fasste Franziska zusammen.

Romy presste die Lippen aufeinander. »Du hast leicht reden mit deinem Traummann an deiner Seite.«

»Du bist doch nur neidisch, Romy«, fauchte

Franziska zurück.

»Mädels, jetzt reißt euch mal zusammen«, brachte Klara sich halbherzig ein. Sie hatte kurz gedacht, Julius durch die Wand gehört zu haben und hatte sich auf die Umgebungsgeräusche konzentriert, statt den beiden Streithennen zuzuhören.

»Als hättest du eine Ahnung, worum es gerade geht«, keifte Romy gerade, als sie plötzlich im Dunkeln saßen.

»Was ist denn jetzt los?«, fand Klara als erste ihre Sprache wieder.

»Ich glaube, der Strom ist ausgefallen«, gab Romy mit spöttischem Unterton zurück.

»Ach was«, antwortete Franziska genervt, zückte ihr Smartphone und schaltete die integrierte Taschenlampe ein. »Ich geh mal zum Sicherungskasten.« Auf dem Weg dorthin überflog sie eine SMS von Pierre, der sie vermisste und ihr einen wunderschönen Abend mit den Freundinnen wünschte. Wenn der wüsste. Eine Weitere hatte sie von Marius erhalten, der ihr geschrieben hatte: »Ich schmecke dich immer noch und find`s geil!« Bei der Erinnerung brach ihr schon wieder der Schweiß aus.

»Und? Kannst du die Sicherung wieder reinmachen?«, fragte Klara hinter ihr. Klara und Romy waren ihr bockig schweigend gefolgt.

»Äh, nee, hier ist alles wie immer.« Was sollte sie nur mit Marius und Pierre machen?

»Komisch. Aber was ist es dann?« Klara öffnete die Wohnungstür und drückte im Treppenhaus auf den

174

Lichtschalter – das Licht ging an.

»Hä? Wie kann das denn sein? Wieso ist denn nur in eurer Wohnung der Strom weg?«

Franziska und Klara zuckten die Achseln.

»Unten im Keller ist noch der große Sicherungskasten für alle Wohnungen. Vielleicht sollten wir da mal gucken«, schlug Klara vor.

»Ja, gute Idee. Bleib du am besten bei Julius. Romy, gehen wir zusammen gucken?«, fragte Franziska.

»Okay«, erklärte Romy sich einverstanden und ging immer noch ein wenig schmollend mit Franziska die Treppe nach unten, während Klara oben an der Wohnungstür stehen blieb.

Plötzlich wurde es still. Keine Schritte, kein Gemurmel.

»Mädels, alles klar bei euch?«, rief Klara ins geräuschlose Treppenhaus hinein.

»Klara, geh rein und ruf die Polizei!«, zischte Franziska ihr aufgeregt entgegen, als Romy und Franziska wie Gejagte die Treppe hochgeschossen kamen.

»Was?! Warum denn?« Wie betäubt blieb sie auf der Türschwelle stehen.

Die Freundinnen drängten Klara in die Wohnung und drückten sich von innen gegen die Tür. Franziska verriegelte sie und versuchte, ihre Atmung wieder unter Kontrolle zu bekommen.

»Jetzt sagt doch bitte mal, was los ist!«

»Oh mein Gott.« Romy wurde weiß wie die Wand. »Ich weiß, wer dahinter steckt.«

»Was? Romy, jetzt mach doch bitte kein Geheimnis

draus!«

Mit dem Telefon in der Hand ging Romy im Flur auf und ab. »Guten Abend, mein Name ist Romy Schmidt, wir befinden uns in der Weststraße 236 und hier wurde eingebrochen. Bitte kommen Sie sofort!«

»Wie bitte?!« Klara riss die Augen auf und schaute fragend zu Franziska.

»Ja, wir sind oben in der Wohnung in Sicherheit, aber ich hab einen gewaltbereiten Stalker, der mir etwas antun will und bestimmt hier ist«, sagte Romy ins Telefon und hörte aufmerksam zu. »Wir hatten eben einen Stromausfall, allerdings nur in unserer Wohnung, obwohl es ein Mehrfamilienhaus ist. Die anderen Parteien sind alle im Urlaub. Aber als wir eben im Keller nachgucken wollten, was los ist, stand die Hauseingangstür sperrangelweit auf und-« Romy stockte. »Was soll das heißen?«

Klara und Franziska starrten sie wie gebannt an.

»Sie wollen allen Ernstes, dass wir die Wohnung verlassen und noch einmal selbst nachschauen, obwohl im Treppenhaus vielleicht ein Killer ist, der uns alle abschlachten will?« Ihre Stimme klang schrill. »Wir sind drei Steuerzahlerinnen und ein Baby und ich befehle Ihnen, dass Sie Ihren Arsch hierhin bewegen und Ihren verdammten Job machen!« Sie atmete tief durch und setzte gestelzt hinzu: »Verzeihung. Wie lange brauchen Sie, bis Sie hier sind?« Nickend sagte sie »Dann bis gleich« und legte auf.

»Du hast einen Stalker?« Klara legte schützend einen Arm um Romy.

»Die wollten eigentlich gar nicht herkommen?«,

fragte Franziska schockiert.

»Ja, ich hab einen Stalker. Und nein. Der Polizist meinte, dass die Tür vermutlich aufgegangen ist, weil sie elektrisch mit eurem Türöffner in der Wohnung verbunden ist. Wenn der Strom ausfällt und die Spannung nachlässt, kann die Tür unten aufgehen.«

»Und ob das wirklich so ist, sollten wir selber rausfinden? Und wenn es doch ein Killer ist? Dann haben wir Pech, oder wie?«

»Du hast es dem Typen auf jeden Fall ganz schön gezeigt«, lobte Klara ihre Freundin. »Ich muss jetzt unbedingt mal nach Julius sehen. Das ist mir alles zu unheimlich, da bin ich lieber in seiner Nähe.«

»Wir kommen mit«, entschied Franziska. »Ich finde, dass wir so lange zusammen bleiben sollten, bis die Polizei alles gecheckt hat.«

Romy nickte mit blassem Gesicht. Zwar klang die Erklärung der Polizei plausibel, konnte aber dennoch nicht die Bilder aus ihrem Gehirn radieren, die seit dem Anblick der offenen Haustür dank diverser Horrorfilme vor ihrem inneren Auge an ihrer Aufmerksamkeit zerrten.

Bis die Polizei endlich eintraf, warteten sie gemeinsam vor Julius' Zimmertür und lauschten auf alle Geräusche, die das Haus von sich gab. Jedes Knacken im Dach, jeder Schritt auf dem Bürgersteig ließ sie erschauern. Das Klingeln der Polizisten war wie eine Erlösung. Julius schlen das glücklicherweise nicht zu registrieren.

»Guten Abend, die Damen. Ich bin Polizeihauptkommissar Brünger und das ist mein

Kollege Münstermann.«

Sein Kollege tippte sich an die Mütze und guckte ernst.

»Wo liegt denn das Problem?«

Romy übernahm das Wort und berichtete über die Ereignisse des Abends.

»Dürfen wir Ihren Sicherungskasten auch mal sehen?«, fragte Kommissar Brünger skeptisch.

»Natürlich. Aber da werden Sie nichts finden.« Hielt er sie für bescheuert? »Hier ist er.«

Kommissar Münstermann leuchtete mit seiner Taschenlampe in den Kasten, warf seinem Kollegen einen vielsagenden Blick zu und schaltete mit einem Klick das Licht in der gesamten Wohnung wieder ein.

Die drei Frauen standen sprachlos im Flur.

»Die Hauptsicherung war herausgesprungen. Das ist dieser kleine Hebel hier«, erklärte Kommissar Münstermann, als hätte er eine Grundschulklasse vor sich. »Haben Sie irgendwelche anderen elektrischen Geräte angeschlossen als sonst?«

»Äh ja, wir haben Raclette gemacht. Vielleicht ist das Gerät schon etwas altersschwach«, überlegte Klara.

Kommissar Brünger grinste amüsiert. »Na, dann haben wir ihren Axtmörder ja gefunden. Einen schönen Abend Ihnen noch.«

»Warten Sie«, forderte Romy die Herren zum Bleiben auf. »Was kann ich denn gegen meinen Stalker tun?«

»Sie können zum Präsidium kommen und wir können nachsehen, ob gegen ihn schon mal eine Anzeige eingegangen ist. Aber ganz ehrlich: am wirksamsten ist es, wenn Sie gar nichts tun. Nehmen

Sie auf keinen Fall Kontakt zu ihm auf, antworten Sie nicht auf seine Briefe oder was auch immer er anstellt, um Sie zu provozieren. Irgendwann wird er das Interesse verlieren.«

»Puh, bin ich froh, dass ihr vorhin da wart! Wenn ich alleine mit Julius gewesen wär, hätte ich mich bestimmt vor Angst eingenässt.« Sie hatten sich mit Süßigkeiten und Limos auf das Sofa plumpsen lassen, um sich erstmal von dem Schreck zu erholen. Auch wenn im Endeffekt gar nichts Schlimmes passiert war, hatte sie die potenzielle Gefahr, Einbrechern, Mördern oder Mirko zum Opfer zu fallen, nervlich umgehauen.

»Streng genommen wäre die Sicherung ja gar nicht erst rausgeflogen, wenn wir nicht da gewesen wären. Alleine hättest du vermutlich kein Raclette gemacht«, gab Romy zu bedenken und drehte sich lächelnd zu Klara um. »Zumindest haben wir alle zusammen mal wieder was Spannendes erlebt.«

»Oh, auf das Abenteuer hätte ich getrost verzichten können. Sorry, dass wir wegen meiner Blindheit die Polizei gerufen haben«, gab Franziska zu.

»Das waren aber auch komische Vögel. Warum können die nicht so sein wie in Hollywood?«

Franziska schaute Romy fragend an.

»Naja, immerhin hätte es doch sein können, dass wir denen die Tür aufmachen und es zwischen einem von denen und Klara oder mir funkt!«

Klara lachte. »Romy, du unverbesserliche Romantikerin! Dass du trotz Mirko noch in Dating-laune bist, ist echt typisch für dich!«

»Was denn? Hast du denn keine Lust auf einen kleinen Flirt?«

Klara bemerkte, dass ihre Wangen heiß wurden. »Ähm, ich hab da sozusagen gerade was am Laufen.« Auf Romys riesengroße Kuhaugen hin antwortete sie: »Ich schlafe mit Lars, den ich damals bei diesem Fitnessstudio-Event kennengelernt hab.«

Romy quietschte aufgeregt und Klara freute sich, dass es sich endlich wieder mit ihr so anfühlte wie früher.

»Und wie ist der so?« Im Schneidersitz und mit Erdnusskernen in der Hand spitzte Romy neugierig die Ohren.

»Meinst du im Bett?«

»Nee, ich meine auf dem Fußballfeld. Natürlich im Bett!«

Klara überlegte. »Genau genommen haben wir es noch nie im Bett getan, sondern auf dem Sofa und unter der Dusche. Da war es auf jeden Fall super.«

»Wie praktisch«, merkte Franziska an und spürte, wie sie sich mit ihren Freundinnen wieder besser entspannen konnte.

»Was meinst du damit?«

»Als Babymama kommt man doch so selten zum Duschen – da hast du zwei Fliegen mit einer Klappe erwischt.«

Die Freundinnen lachten zusammen.

»Und weil das mit dem Duschen ja bekanntlich vielen Müttern so geht, habe ich eine Entscheidung getroffen.« Klara straffte die Schultern und verkündete stolz: »Ich werde ein Wellness- und Begegnungszentrum für Mütter gründen und es wird »mamacare« heißen.« Die letzten Minuten hatten ihr wieder einmal gezeigt, dass man im Leben niemals weiß, was kommt. Und lieber wollte sie etwas ausprobieren und damit scheitern, als es gar nicht erst versucht zu haben und sich in dreißig Jahren zu denken: »Hätte ich mal...«

»Und dort wird man duschen können?«, wollte Romy wissen und ließ eine Spur Skepsis durchblicken.

»Ja, unter anderem. Das genaue Konzept muss ich mir noch überlegen, den Businessplan schreiben und mir Gedanken über die Finanzierung machen, aber der Entschluss ist gefasst.«

»Bravo, Klara!« Franziska hob ihre Fanta in die Höhe. »Auf unsere Geschäftsfrau!«

»Auf unsere Geschäftsfrau!«, stimmte Romy mit ein. »Und wenn du Verstärkung brauchst, sag doch bitte Bescheid.«

»Wobei möchtest du denn helfen?«

Romy legte den Kopf schief. »So lange du mich nicht zwingst, ein billiges Nuttenkostüm und Highheels zu tragen, mache ich alles.«

»Darüber könnten wir nachdenken.«

Romy nickte dankbar. »Was hat dich denn vorhin so abgelenkt, Franziska?«

»Hm?«, versuchte sie die Antwort auf Klaras Frage rauszuzögern.

»Na, dass du das im Sicherungskasten übersehen hast. Ich meine, das hätte mir genauso passieren können, aber ich bin auch nicht so gründlich wie du.«

»Ach so, das meinst du. Also, ich hatte eine SMS von Pierre gekriegt und...«

»Uhhh, und darin hat er dir seine Liebe dargelegt und dir geschrieben, wie »merveilleux« du bist?«

»Oh Romy, du brauchst aber dringend mal wieder Sex, oder?« Vielleicht klappte es ja, mit dieser Masche von sich selbst abzulenken, erhoffte sich Franziska.

»Nein, brauche ich nicht. Und jetzt geht es um dich und Doktor Toyboy. Also, lenk nicht ab.«

Im Grunde muss ich ihnen ja gar nichts erzählen, dachte Franziska. »Doktor Toyboy, genau...«

»Also, wenn ich von ihm Liebes-Nachrichten kriegen würde, könnte ich mich vermutlich auch nicht mehr auf was Technisches konzentrieren.«

»Als könntest du das überhaupt«, machte Klara sich über Romys Fähigkeiten lustig und knuffte sie in die Seite.

»Was habt ihr denn eigentlich für eine verzerrte Vorstellung von ihm? Wir machen auch ganz normale Pärchensachen, sowas wie...«

»Rückenmassage auf dem Bärenfell vor dem Kamin?« Romy guckte verträumt Richtung Zimmerdecke.

»Champagnertrinken im Sonnenuntergang?«, ließ Klara ihrer Fantasie freien Lauf.

»Im Schaumbad kuscheln, nachdem du ihm im Wald beim Holzhacken zugeguckt hast?«

»Pierre hackt kein Holz, er ist doch Arzt, also – nein. Ich meinte damit, dass wir auch in den Supermarkt gehen, abwaschen und Fernsehen gucken. Aber...«

»Aber immer mit einer Spur Erotik, oder?«, bohrte Romy weiter. Sie wollte noch nicht zulassen, dass Franziska ihr Bild von Pierre zerstörte.

Franziska platzte der Kragen. »Ich schlafe mit meiner Jugendliebe.« In die offenstehenden Münder von Klara und Romy schauend erklärte sie: »Ich hab Marius ausgerechnet in der Zeit wiedergesehen, als es zwischen Pierre und mir so anstrengend war. Und irgendwie reichte nur ein Blickwechsel, eine zufällige Berührung und schon saß ich in der Falle.«

»Und Pierre weiß das?« Klara war entsetzt, erinnerte sich aber daran, dass sie gerade selbst mit Lars schlief und gleichzeitig mit Tristan anbandelte. Angestrengt versuchte sie, die Verurteilung aus ihrem Blick zu radieren.

»Natürlich nicht. Er hat keinen Schimmer.«

»Und wie geht`s dir damit?« Romy besann sich auf ihre pädagogische Ader.

Franziska zuckte die Achseln. »Pierre tut mir leid und ich fühle mich wie eine Betrügerin – klar, aber...« Sie schloss die Augen und erinnerte sich, wie sie zuletzt mit einem Knutschfleck, der Entspannung durch zwei Orgasmen und einer Handtasche voller Gewissensbisse in ihr Auto gestiegen war. »Aber es tut auch so verdammt gut.«

»Willst du das denn fortführen?« Klara warf Romy einen Blick zu, den Franziska schon kannte und als Verschwörung hinter ihrem Rücken deutete.

»Ich weiß nicht. Eigentlich nicht, aber ich weiß nicht, wie ich es lassen soll.«

»Dann helfen wir dir dabei. Wir müssen dir nämlich was sagen.«

Romy nickte Klara entschlossen zu. »Ja, das müssen wir.«

Na endlich rücken sie mit der Sprache raus. »Ich bin gespannt.«

»Du hattest die ganze Zeit recht damit, dass Pierre dir etwas verheimlicht«, fing Klara an zu erzählen. »Aber er hat keine andere oder so.«

»Sondern?« Franziskas Hand hielt vor lauter Nervosität in der Chipstüte inne.

Romy übernahm das Wort. »Er hat eine große Überraschung für dich. An eurem Jahrestag Ende September.«

»Mehr sagen wir aber nicht, oder?«

»Wollt ihr euch erst beraten? Jetzt lasst euch doch nicht so lange bitten, Mädels.«

»Na gut. Pierre lädt dich über euren Jahrestag nach Paris ein. Ganz romantisch. Da sollst du endlich seine Familie kennenlernen.«

»Was?!« Jetzt wurde ihr klar, warum er keinen Urlaub mit ihr hatte buchen wollen. Ihr schlechtes Gewissen schwoll mit jedem Atemzug an und nahm ihr immer mehr die Luft.

»Ja, aber du darfst Pierre auf keinen Fall sagen, dass du es weißt, okay?«, flehte Klara sie an.

»Äh, ja, okay. Ich bin euch ja dankbar, dass ihr mich eingeweiht habt.«

»Lässt du denn diesen Marius jetzt endlich abblitzen oder haben wir Pierre umsonst die Überraschung verdorben?«

Franziska stützte den Kopf in ihre Hände, die nach Paprikagewürz rochen. »Ich weiß nicht. Ich will ja, aber ich kann nicht. Es tut meinem Ego so gut, als ob die junge Franziska endlich Bestätigung bekommt.«

»Ha!«, stieß Romy aus und erntete hochgezogene Augenbrauen. »Das liegt an deinen Glaubenssätzen und an deinem inneren Kind. Hier, nimm mal das Kissen in den Arm und sag uns, was es dir erzählt.«

»Woher hast du das denn?«, fragte Klara misstrauisch.

»Aus einer Zeitschrift. Und ich hab außerdem von einer Therapeutin gehört, die auch mit dem inneren Kind arbeitet und bei der ich ein Seminar wegen meiner Diätsucht besuchen will. Ich hab die Nase voll davon, meinen Wert an Kilozahlen und Kleidergrößen zu bemessen.«

»Na endlich!« Klara klopfte Romy auf die Schulter. »Das klingt richtig sinnvoll.«

»Danke. Franziska, wollen wir verabreden, dass wir beide die Vergangenheit hinter uns lassen? Ich verabschiede mich von FdH & Co. und du dich von deinem Teeniefreund?«

»Ich weiß nicht.« Franziska blickte in die Augen ihrer Freundinnen und spürte, dass es von ihrer Zustimmung abhing, ob sie den Abend als runde Sache in Erinnerung behalten würden. »Okay. Einverstanden.«

»Super! Auf die Zukunft!«


»Romy, bitte setzen Sie sich etwas gerader hin, sonst wirft Ihre Bluse am Bauch unschöne Falten. Im Warteraum sitzt nämlich Ihr nächster Kunde«, wies Cynthia sie zurecht.

An ihrem Jacket zupfend zog Romy ihren Bauch ein und bewegte ihre schmerzenden Füße in den weißen Pumps, als sich die Tür öffnete.

»Hallo Romy.«

Romys Herz setzte für einen Moment aus. »Mirko.« Warum nur gab es hier keinen Notknopf unter der Tischplatte, wie es in Banken der Fall war?

»Schön zu hören, dass du mich nicht vergessen hast.«

Cynthia formte mit dem Mund ein anerkennendes, lautloses »Wow« hinter Mirkos Rücken und hielt den Daumen hoch.

»Du hast mir das Vergessen ja auch nicht gerade leicht gemacht.« Instinktiv griff sie sich an den Ausschnitt und schloss ihre Bluse so hoch wie möglich.

»Es hat dir also gefallen, Süße.«

Woran auch immer er das festmachte, dachte sie verwirrt. »Erstens: Nenn mich nicht Süße. Zweitens: Ich finde dich und deine Aktionen widerlich. Drittens: Verschwinde auf der Stelle.« Romy registrierte, wie Cynthia hinter Mirko aufgeregt mit den Händen herumfuchtelte und ihr Zeichen gab, sie solle lächeln, die Brust rausstrecken und sich an den Gesprächsleitfaden halten.

»Du darfst mich hier nicht rausschmeißen. Ich bin nämlich dein Kunde.« Breitbeinig ließ er sich auf den roten Samtsessel vor ihrem Schreibtisch sinken.

»Ach ja? Was hast du denn für ein Problem? Ein winziger Schwanz? Kriegst du keinen hoch? Ist dir dein Spermastau zu Kopf gestiegen?« So langsam machte ihr der Job wieder Spaß.

Cynthia stellte pantomimisch eine Herzattacke dar und kam herübergeeilt. »Guten Tag und herzlich willkommen bei »Dirty Talk«. Ich bin Cynthia, die Chefin von Romy, und entschuldige mich aufrichtig für das Verhalten meiner Mitarbeiterin. Wie kann ich Ihnen helfen?«

Mirko musterte Cynthia genauso gierig wie Dr. Schilling es immer tat, wenn sie mit ihrem kleinen Hintern an seinem Schreibtisch vorbeitrippelte. »Ich habe eine frigide Freundin.« Er nickte in Romys Richtung. »Die da.«

»Ach so, Sie beide sind ein Paar!«

Wie schwer ist die denn von Begriff, fragte Romy sich entsetzt. »Nein, sind wir nicht.«

»Na klar sind wir das, Süße.«

»Also, Ihre Freundin, Romy, möchte nicht so oft mit Ihnen schlafen, wie Sie sich das wünschen. Habe ich das richtig verstanden?« Cynthia nahm aufreizend das Ende ihres Kugelschreibers zwischen die Lippen, drückte mit dem Ellenbogen ihre Brüste näher zusammen und lehnte sich kaum merklich nach vorne. All das gehörte zu ihrem sogenannten »Gesprächsleitfaden«.

»Genau«, lächelte Mirko erregt. Bei ihm funktionierte die Masche.

»Ich bin nicht seine Freundin«, zischte Romy ihrer neuen Chefin zu.

»Romy, jetzt halten Sie sich bitte zurück und bringen Sie unserem Kunden etwas zu trinken. Mirko, richtig? Was hätten Sie gerne? Einen »Sex on the Beach«, einen »Orgasmus Shot« oder einen »Blow Job«?« Cynthia schlug das rechte Bein über das Linke und versuchte sich dabei als Imitation von Sharon Stone in »Basic Instinct«. Dr. Schilling lief durch das Büro und musterte stolz seine Schäfchen.

»Blow Job klingt toll.« Mirko musste sich wie im Himmel fühlen.

»Gerne. Romy, gehen Sie doch bitte schon mal vor an die Bar. Ich komme gleich dazu und gehe Ihnen zur Hand.« Als befände sie sich in einem schlechten Porno stand Cynthia auf, stolzierte hüftenschwingend zur Bar und streichelte dabei versonnen die Einrichtung, als würde sie sich an Barhockern aus Kunstleder aufgeilen. Noch ein Blick über die Schulter zu Mirko und ihr Auftritt war perfekt.

Romy überkam bedrückende Übelkeit, während sie Baileys, Wodka und Sahne mischte. Sie hatte studiert, verdammt noch mal, und zwar keine Wirtschafts-prostitution oder Anmachwissenschaften. Vielleicht konnte sie ihm ja unbemerkt irgendwas in den Cocktail mischen – aber was? Leider trug sie nicht ständig Rattengift mit sich herum. Von einem ordentlichen Schuss Spülmittel müsste er zumindest brechen, aber...

»Das wird ein Nachspiel haben!« Cynthia durchbrach Romys Vergiftungspläne und baute sich im Rahmen ihrer gertenschlanken Möglichkeiten vor ihr auf.

»Was ist denn los?«, schaltete sich Dr. Schilling ein.

»Romy hat sich nicht an die Regeln gehalten und einen Kunden unmöglich behandelt.«

»Gratulation, Cynthia, dann dürfen Sie Ihre allererste Abmahnung schreiben. Ich sag Ihnen, das ist ein tolles Gefühl!«

Romy stellte den Cocktailshaker auf der Arbeitsplatte ab. »Ich verderbe euch ja nur ungerne den Spaß, aber ihr könnt euch die Abmahnung sparen. Ich kündige. Ihr seid kein bisschen besser als der Typ da vorne.« Im

Gehen streifte sie die blöden Schuhe von den Füßen, schnappte sich ihre Tasche und ging zum letzten Mal durch diese Tür. Barfuß und selbstbewusst. Mit etwas Glück hatte Mirko in Cynthia ein neues Opfer gefunden.

»Oh Klara, du machst mich ganz verrückt«, stöhnte Lars in ihr Ohr, während seine Hände auf Wanderschaft gingen und seine Erregung an ihren Oberschenkel drückte. Gerade wollte er sich an ihrem Shirt zu schaffen machen, als ihr Handy klingelte.

»Sorry, Lars, da will ich drangehen.« Den ganzen Morgen schon hatte sie mit den Ämtern der Stadt telefoniert, um sich über alle wichtigen Angelegenheiten ihre Geschäftsidee betreffend schlau zu machen. »Das ist der Mensch vom Finanzamt. Klara Neumann, hallo?«

Lars ließ sich frustriert ins Sofa fallen. Unter einem spontanen Schäferstündchen während Julius' Mittagsschlaf hatte er sich etwas anderes vorgestellt als hier alleine rumzuliegen und seiner Flamme beim Telefonieren zuzugucken.

»Das heißt, ich muss dann monatlich die Umsatzsteuer abführen, die ich eingenommen hab und mit der verrechnen, die ich ausgegeben hab?« Geschäftig kritzelte Klara auf einem Block herum. Ein konkretes Ziel vor Augen zu haben, das ihr zukünftig Geld einbringen und Freiheiten einräumen würde, die sie als Angestellte nicht haben konnte, setzten in ihr ungeahnte Kräfte frei. Lars hatte sie mit seinem Besuch überrascht und völlig aus dem Konzept gebracht.

Grundsätzlich hatte sie ja auch Lust auf seine Berührungen und erhoffte sich von dem Sex, sich ein bisschen zu entspannen. Genau genommen war sie aber mit den Gedanken bei »mamacare« und bei all dem, was sie regeln wollte, so lange Julius noch schlief. Danach wollte sie mit ihm auf den Spielplatz gehen und sich mit den anderen Müttern dort über die Kitas der Stadt austauschen. Oder potenzielle Kundinnen akquirieren.

»Vielen Dank für Ihren Rückruf. Bis dann.« Klara legte auf und drehte sich zu Lars um. »Okay, wir haben noch zehn Minuten, bis ich Julius wecken muss, damit er heute Abend pünktlich ins Bett geht.«

»Ich schaffe es auch in fünf«, sagte Lars und zog sie zu sich auf den Schoß, um ihr energisch an die Wäsche zu gehen. »So heiß wie du bist...«

Normalerweise prickelte Klaras Haut unter seinen Händen. Seine Lippen waren weich und gepflegt und küssten mit der richtigen Mischung aus Zärtlichkeit und Verlangen. Sex mit Lars machte ihr Spaß, tat ihr gut und gab ihr Energie. Trotzdem war sie heute nicht ganz bei der Sache, was nicht nur an ihrem abtörnenden Ohrwurm von »Hoppe hoppe Reiter« lag. Ihr ging durch den Kopf, dass sie nicht mehr über ihn wusste, als dass er Physiotherapeut war und in dem gleichen Studio trainierte wie Romy. Irgendwie waren sie immer gleich zur Sache gekommen, anstatt sich mit verbaler Kommunikation aufzuhalten.

»Bei mir dauert es nicht mehr lange«, keuchte er unter ihr. »Wie ist es bei dir?«

»Ähm, ich genieße es auch einfach so«, wich sie ihm

aus, weil sie nicht sagen wollte, dass ihrem Orgasmus zu viele Gedanken im Weg standen, die sich heute nicht beiseite schieben ließen.

Statt einer Antwort kam er lautlos aus Rücksicht auf Julius und ließ sich zurück ins Sofa sinken. »Toll, dass wir uns kennengelernt haben. Ich mag dich echt.«

»Lars?«

Klara drehte sich um, weil es Franziska war, die ins Wohnzimmer geplatzt war und den Mann in und unter ihr offensichtlich auch kannte.

»Scheiße«, antwortete Lars.


»Auf deine Kündigung«, erhob Klara abends das Glas und prostete Romy zu. Julius hatte den ganzen Nachmittag mit anderen Kleinkindern im Sand gespielt, Tannenzapfen studiert, Dinkelstangen zu Brei gelutscht und genug Vitamin D für eine ganze Woche getankt. Die anderen Mütter hatten echtes Interesse an »mamacare« bekundet und brachten sich direkt mit Ideen ein. »Ich kenne eine Villa, die seit einiger Zeit frei steht und perfekt für so ein Zentrum geeignet wäre«, hatte eine der Mütter begeistert gesagt. Seitdem war Klara ganz kribbelig und konnte an nichts anderes mehr denken. Beinahe jedenfalls.

»Danke. Und darauf, dass Mirko mich jetzt hoffentlich in Ruhe lässt.«

»Also auf deine Kündigung und auf deine Stalkerlosigkeit.«

»Genau. Und darauf, dass wir Kolleginnen bleiben, wenn ich bei dir einsteige.«

»Okay.«

»Worauf möchtest du denn trinken, Klara?«

Klara überlegte. »Darauf, dass es immer anders kommt als geplant.«

»Oje, was ist denn passiert?«

»Lars, mein Mann für gewisse Stunden, wird Vater.«

Romy riss die Augen auf. »Du bist wieder schwanger?«

»Nein, ich nicht, aber seine Frau, die Franziska als Hebamme hat.« Sie leerte in einem Zug ihre Kirschschorle. »Sie hat uns genauso beim Sex erwischt, wie ich sie damals mit Pierre. Hier auf dem Sofa.«

»Was? Und du hast nichts bemerkt? Ihr habt euch doch bei ihm zu Hause getroffen, oder?«

»Das dachte ich auch. Anscheinend war das die Wohnung seines Freundes. Franziska und ich haben die Adressen abgeglichen.«

»Männer.« Romy fragte sich, ob sie sich doch mal mit Tristan treffen sollte. Alleine deshalb, um ihren Glauben an die Männerwelt wieder herzustellen, falls er tatsächlich hielt, was sie sich von ihm versprach.

»Aber echt. Männer.« Ob Tristan wohl ein würdiger Ersatz für Lars war, fragte Klara sich zeitgleich.

»Guten Tag Frau Bergmann, Dr. Dubois ist in Behandlungsraum 2 und hat heute keine Patientinnen mehr. Gehen Sie ruhig direkt rein«, erlaubte die Sprechstundenhilfe Franziska, Pierre einen spontanen Besuch abzustatten. Nachdem sie Klara mit Lars erwischt hatte und sich schrecklich darüber ereifert hatte, wie er in drei Teufelsnamen seine schwangere Frau betrügen konnte, war ihr aufgefallen, dass sie nicht viel besser als Lars war. Zwar war Pierre nicht in anderen Umständen, aber trotzdem setzte sie ihm die Hörner auf. Ihm, dem Mann, der von seinen Patientinnen angehimmelt und von seinen Kollegen verehrt wurde. Und wofür? Für einen Mann, der ihm in keinster Weise das Wasser reichen konnte. Marius war ab sofort für sie Geschichte. Ganz egal, ob sie mit Pierre zusammenbleiben oder sich irgendwann wieder auf dem Singlemarkt tummeln sollte. Allein um ihrer selbst willen wollte sie für immer die Finger von ihm lassen.

Sie hatte Marius einen letzten Besuch abgestattet und ihm gesagt, dass sie einen Freund habe, den sie liebt und nicht weiter hintergehen will.

»Verstehe«, hatte er gleichgültig geantwortet.

Ärgerlich über sich selbst hatte sie registriert, dass sie sich wenigstens einen Hauch von Eifersucht gewünscht hatte. »Eins will ich aber noch von dir wissen«, hatte sie mutig angesetzt. »Warum hat es damals nie zwischen uns geklappt?« Franziska spürte, dass sie das erfahren musste, um das Kapitel »Marius« endgültig abschließen zu können.

Marius hatte mit den Schultern gezuckt wie ein bockiger Teenager, dem man die Playstation weggenommen hat. »Keine Ahnung, Popanski. Vielleicht warst du mir einfach zu anhänglich, hast es mir zu leicht gemacht. Außerdem wolltest du immer gleich die ganz große Liebe und ich...naja, ich hab auf sowas keinen Bock.«

Das hatte ihr als Antwort gereicht.

»Salut, mon chérie!« Strahlend kam Pierre auf sie zu und schloss sie in gewohnt inniger Art in die Arme.

»Was machst du denn 'ier? Isch freue misch, disch zu se'en!«

»Hallo Pierre. Ich freue mich auch. Ich dachte, ich könnte dich abholen und mit dir essen gehen. Und reden.«

»Reden? 'Ast du etwas auf dem 'Erzen?«

»Ja. Ich möchte gerne unseren Jahrestag planen, weil es für mich ein ganz besonderer Tag ist.« Von Marius würde sie ihm nicht erzählen. Viel zu groß war ihre Angst vor seiner Reaktion.

Pierre schmunzelte und nahm ihre Hände in seine. »Für unseren Jahrestag 'abe isch eine Überraschung für disch geplant.«

Bühne frei! »Ach, wirklich?«

»Ja. Eigentlisch wollte isch disch noch etwas länger auf die Folter spannen, aber wenn du schon so direkt darauf zu spreschen kommst...« Pierre atmete durch und schaute ihr tief in die Augen. »Isch lade disch nach Paris ein und stelle disch meiner Familie vor.«

»Was?« Franziska betete insgeheim, dass ihre Verblüffung echt klang.

Pierre schien nichts zu bemerken. »Ja. Wir fahren am 27.9. 'in und am 3.10. wieder zurück. Was sagst du dazu, mon coeur?«

»Das ist ja eine tolle Idee! Ich war erst einmal in Paris, damals mit dem Französischkurs als Teenager.« Von wo aus sie Marius eine Karte geschickt hatte, über die er sich bei nächster Gelegenheit vor seinen Freunden lustig gemacht hatte, erinnerte sie sich bitter. »Danke!«

»Und wenn wir erstmal da sind, erwarten disch noch ein paar Überraschungen. Du bist mein Ein und Alles,

Franziska. Für disch würde isch alles tun.« Er nahm ihr
Gesicht in seine Hände und küsste sie knieerweichend
auf den Mund. »Wo wollen wir essen ge'en?«

# SEPTEMBER

## Geburtstag, der erste:
## aufregend für das Kind,
## emotionale Achterbahnfahrt für die Mama

»Und das hier ist Badezimmer Nummer drei. Wie Sie sehen, hat der Eigentümer auch hier auf zeitloses Ambiente und schlichte Farben gesetzt.« Gabriele Marquart, die Immobilienmaklerin, die die Villa unters Volk bringen sollte, fuhr elegant mit ihrer manikürten Hand über die sandfarbenen Fliesen. »Auch hier gibt es eine Toilette, ein Waschbecken und eine großräumige Dusche.«

Romy öffnete und schloss fachmännisch die Duschtüren und stellte fest, dass die Scharniere butterweich funktionierten und nichts quietschte und knatschte, wie bei ihrer heimischen Dusche.

»In welchem Jahr wurden die Badezimmer erneuert?«, fragte Klara kritisch nach, um ihre Begeisterung für dieses kleine Schloss vor Frau Marquart zu verbergen. Vielleicht würde sich das ja positiv auf die anschließenden Preisverhandlungen auswirken. Auch wenn sie sich noch kein anderes Gebäude für »mamacare« angeschaut hatte, konnte sie sich nichts Passenderes als dieses hier vorstellen.

»Vor drei Jahren erst. Die sind also so gut wie unbenutzt, da der Eigentümer direkt nach dem Umbau nach Mallorca ausgewandert ist.«

Klara nickte interessiert, fragte sich aber, warum jemand erst umbaute, um dann wegzuziehen. In Gedanken platzierte sie türkisfarbene Handtücher auf dem Fensterbrett und klebte aufmunternde Sprüche für junge Mütter an den riesigen Spiegel.

»Mamama«, brabbelte Julius dazwischen und flirtete die Maklerin an, die sich davon aber nicht bezirzen ließ.

»So, jetzt haben Sie alles gesehen. Haben Sie noch Fragen zu dem Objekt?« Gehetzt schaute sie auf die Uhr und vermittelte den Eindruck, dass sie Klara und Romy loswerden wollte. Bestimmt traute sie den beiden nicht zu, das Geld für die Miete aufbringen zu können.

»Ja. Wissen Sie, ob die Villa auch gewerblich genutzt werden darf?«

Frau Marquart zog die schmal gezupften Augenbrauen hoch. »An was für ein Gewerbe denken Sie denn?«

An was für eins denken *Sie* denn, fragten sich Klara und Romy zeitgleich und klärten sie mit knappen Worten auf.

»Tja, da müssen Sie sich an das Bauamt wenden. Wenn Sie ernsthaftes Interesse an der Villa haben, benötige ich sowieso noch Ihre aussagekräftigen Bewerbungsunterlagen einschließlich Lebenslauf, Foto und Zeugnissen für Herrn Pfeffer, den Eigentümer.«

»Wofür braucht er das denn alles?« Romy stemmte die Hände in die Hüften und sah aus wie eine Superheldin im Verteidigungsmodus.

»Herr Pfeffer möchte gerne wissen, wer in seinen

197

Räumlichkeiten lebt – oder arbeitet. Lassen Sie mir die Unterlagen per E-Mail zukommen und ich leite sie an Herrn Pfeffer weiter. Und jetzt muss ich leider los.«

»Aus dem großen Raum im Erdgeschoss könnten wir einen Gemeinschaftsraum machen, in dem sich die Mütter und Kinder zum Stillen, Tee trinken und gemeinsamen Spielen treffen können«, träumte sich Klara durch die Villa. Sie saßen auf der Terrasse des Bernsteins und warteten auf ihr Mittagessen, während Julius auf ihrem Arm ein Nickerchen machte. Der Wind war immer noch warm und der Himmel blau und klar.

»Und der kleinere Raum im Erdgeschoss könnte unser Büro werden«, überlegte Romy.

»Gute Idee! Und in den Garten könnten wir eine Schaukel, einen Sandkasten und eine Rutsche stellen, damit die Kinder im Sommer draußen rumtoben können.« Liebevoll blickte sie auf ihren schlafenden Sohn, der ganz ruhig atmete.

Romy nickte und holte hörbar Luft. »Aber Klara, jetzt mal ganz ehrlich: glaubst du wirklich, dass wir das Geld dafür aufbringen können? Oder hast du so viel in der Hinterhand?«

»Nein, ich hab nicht so viel Geld und weiß gerade auch noch nicht, wie das klappen kann, aber ich brauche erstmal ein Ziel, um mir über den Weg dahin Gedanken machen zu können. Heißt es nicht immer: Wenn ein Seemann nicht weiß, welches Ufer er ansteuern muss, ist kein Wind der Richtige?«

»So, einmal der Salat mit Ziegenkäse«, unterbrach die

Kellnerin sie mit fragendem Blick.

»Für mich«, antwortete Romy.

»Dann sind Brot und Spaghetti für dich«, schlussfolgerte die Kellnerin und stellte Klara die Teller hin. Natürlich wachte Julius pünktlich zum Essen auf. Wie immer.

»Können wir bitte einen Hochstuhl bekommen?«

»Na klar, kommt sofort.«

Klara drückte Julius fest an sich. »Na? Gut geschlafen, du Süßer?«

»Mamama«, antwortete er und steckte sich direkt sein Händchen in den Mund. Seine durchbrechenden Zähnchen machten ihm mal wieder zu schaffen.

»Guten Appetit, Romy.«

»Danke, dir auch.« Für Julius zog sie eine Grimasse. »Und dir auch guten Appetit, du kleiner Spatz.« Julius gluckste glücklich.

»Vielleicht könnten wir ja die Krankenkassen einbinden. Man sagt doch, dass es eigentlich ein ganzes Dorf braucht, um ein Kind aufwachsen zu lassen und es eigentlich für die Mütter nicht gesund ist, immer alleine mit dem Kind zu sein.«

»Du meinst, wir betreiben sozusagen Burnout-Prophylaxe?« Romy musterte nebenbei ihr Essen und fragte sich, ob sie das Dressing bedenkenlos mitessen sollte.

»Ja, genau. Julius, möchtest du was von dem Brot haben?«

Julius zerbröselte das Brot in seine Bestandteile und lutschte es sich von den ohnehin schon klitschnassen Fingern.

Romys Handy piepste, was Julius' Aufmerksamkeit auf sich zog. Im Stillen las sie: »Hey Romina, das Speeddating ist zwar schon ewig her, aber du gehst mir einfach nicht aus dem Kopf. Wann hast du endlich Erbarmen mit mir? LG Tristan«

»Na, wer schreibt dir?« Klara hatte in Romys Augen einen amüsierten Glanz gesehen.

»Der Typ vom Speeddating. Der gibt nicht auf und das gefällt mir.« Und mit Romina ist er ja schon nah dran.

Klaras Handy stimmte mit ein, was Julius wieder lustig fand. »Hey Klara, unser letztes Treffen ist ja schon etwas her und du gehst mir einfach nicht aus dem Kopf. Wann sehen wir uns wieder? LG Tristan«

»Und wer schreibt dir? Lars vermutlich nicht.«

Klara schüttelte den Kopf. »Der Typ vom Baby-schwimmen. Seine Tochter Laila und Julius spielen so schön zusammen.«

»Nee, klar, wie praktisch, dass eure Kinder sich gut verstehen!«

Wie schön es war, so eine gute Freundin zu haben, dachten beide parallel. Es fühlte sich an wie in alten Zeiten.


»Hallo Tristan, wann und wo würdest du dich denn gerne mit mir treffen? Mach mal einen Vorschlag. LG Romy«

Es war Montagmorgen und Romy war voller Energie aus dem Bett gehüpft. Nicht, weil sie sich so sehr auf ihren Job freute – davon hatte sie sich bis zum Ablauf ihrer Kündigungsfrist ärztlich befreien lassen –

sondern weil sie ein lebensveränderndes Wochenende hinter sich hatte. In Hamburg hatte sie ein Seminar zum Thema »Emotionales Essen« besucht, das ihr nicht nur die Augen, sondern vor allem das Herz geöffnet hatte. Schon lange hatte sie sich die Frage gestellt, warum sie das Wissen, das sie über Ernährung hatte, einfach nicht umsetzen konnte. Sie hätte verdammt noch mal eine Doktorarbeit über die Trenddiäten des 21. Jahrhunderts schreiben können, ohne dabei in ein einziges Buch schauen zu müssen und trotzdem gelang es ihr nicht, die Finger von Schokolade, Pizza und Keksen zu lassen. Wie oft hatte sie sich gefragt, ob sie zu dämlich oder zu undiszipliniert war? Hatte sich selbst runtergeputzt und sich angetrieben, ihrem inneren Schweinehund Feuer unterm Hintern zu machen. All das hatte jahrelang nichts gebracht oder wenn überhaupt, dann hielt es nur ein paar Tage, bis sie zurück in alte Muster fiel.

Jetzt war sie schlauer. Drei Tage lang war sie ihrem inneren Kind begegnet, hatte selbstkritische und diktatorische innere Stimmen aufgespürt und ihre Vergangenheit durchleuchtet. Die Erkenntnis, dass ihr Drang nach Süßem und Fettigem im Grunde gar nichts mit dem Essen zu tun hatte, sondern mit Gründen, die viel tiefer lagen, hatte sie zuerst umgehauen und dann unfassbar beflügelt. Nie wieder wollte sie sich von der Waage den Tag versauen lassen. Nie wieder wollte sie sich selbst dafür fertig machen, weil sie ein Brot mit fettigem Käse statt mit magerer Putenbrust gegessen hatte. Nie wieder wollte sie sich von selbsternannten Ernährungsexperten einreden lassen, was sie essen durfte. Sie selbst war die Expertin, denn immerhin ging es um ihren Körper und um ihr Leben.

Motiviert stiefelte sie zum Bücherregal und zog jedes Diätbuch heraus, das sie jemals gekauft und für die Bibel gehalten hatte. Von »Low Carb« über »Low Fat« bis »Low of fucking Everything« hatte sie alle. »Weg mit euch!« Mit einem dumpfen Plumps landeten sie in der Altpapiertonne. Danach war die Küche dran. Pulverdiäten, Detoxtees und Fotos, auf denen sie einfach schlecht getroffen war und die sie zur Abschreckung an den Kühlschrank geklebt hatte – weg damit. In ihrem Kleiderschrank entdeckte sie einen Bauchweggürtel, der durch Elektroden die Bauchmuskeln stimulieren sollte. Zum einen hatte sie ihn höchstens dreimal benutzt und zum anderen gefiel ihr normaler Sport viel besser. Also: Weg damit. Außerdem fand sie Klamotten, die sie nur aufgehoben hatte für den Fall, dass sie doch mal ganz viel abnehmen würde und deren Anblick sie jedes Mal an ihren gewichtlichen Misserfolg erinnerten. Weg damit. Sollten ihr die Sachen, die ihr jetzt passten, irgendwann zu groß sein, könnte sie immer noch Neue kaufen.

Romy fühlte sich so frei und innerlich aufgeräumt, wie schon lange nicht mehr. Und irgendwie schien es jetzt fast egal zu sein, ob sie den Mann fürs Leben fand oder nicht. Sie hatte ja sich selbst – und zum ersten Mal in ihrem Leben fand sie sich selbst richtig gut.

»Dakota June, lass deine Schwester in Ruhe! Das ist Muffin Shakira seine Schippe!«

Klara und Tristan warfen sich ungläubige Blicke zu.

Ihre Nachbarin an dem kleinen Strandabschnitt in dem Naturfreibad, die sie heimlich Cola-Kippen-Handy-Mom getauft hatten, hatte nicht nur bei der Namensgebung ihrer Kinder Kreativität bewiesen, sondern zeigte sich auch grammatikalisch von ihrer fantasievollen Seite. Zumindest, wenn sie nicht gerade in ihr Handy versunken war.

Heute sollte der letzte sommerlich warme Tag des Jahres sein, den sie mit den Kindern am Wasser ausnutzen wollten. Julius und Laila genossen es, durch den Sand zu krabbeln, ihn durch die klebrigen Finger rieseln zu lassen und zu testen, wie er schmeckt. Klara hingegen hatte ganz nebenbei die Möglichkeit, Tristans Bauchmuskeln zu bewundern und sich vorzustellen, wie sich seine Haut an ihrer Haut wohl anfühlte.

»Laila, möchtest du einen Schluck trinken? Zum Nachspülen?« Laila nahm widerwillig einen Schluck Wasser und spuckte einen halben Sandkasten aus.

»Da!«, rief Julius aufgeregt und zeigte nach oben. »Da! Da!«

»Oh, ein Flugzeug!« Klara wusste mittlerweile, worauf ihr Söhnchen stand und konnte immer besser verstehen, was ihn begeisterte. »Das zieht ja schöne Streifen an den Himmel! Gefällt dir das?«

Julius klatschte euphorisch in die Hände und lachte.

»Muffin Shakira, werf nich mit der Matsche auf die Dakota June!«

Klara und Tristan lächelten sich an. Ein romantisches Date sah irgendwie anders aus. Auf seine SMS hatte sie ihm geantwortet, dass sie auch oft an ihn denke und sie sich über ein Treffen freuen würde. Dabei hatte sie zwar mehr ein Treffen wie mit Lars im Sinn, aber das könnte ja noch kommen.

»Habt ihr irgendeinen neuen Kurs gebucht, jetzt, wo das Babyschwimmen vorbei ist?« Klara drängte Julius jetzt ebenfalls Wasser auf.

»Nein. Aber wir testen gerade eine neue Krabbelgruppe, die Claudia ausgesucht hat. Und ihr?«

»Nein, auch noch nicht. Mal schauen, was wir als Nächstes machen.«

Laila und Julius fingen an, sich über die Apfelstücke und andere Babysnacks herzumachen.

»Darf ich dir auch einen salz-, zucker- und geschmacksfreien Hirsekringel anbieten?« Tristan hielt Klara ein Stück vor den Mund und schaute ihr tief in die Augen.

»Oh, wenn du es so anpreist, muss ich leider ablehnen. Versuch es doch beim nächsten Mal mit Erdbeeren und Schokoglasur oder so, dann komm ich drauf zurück.« Die Vorstellung, dass sie und Tristan sich wie im Film »9 ½ Wochen« vor dem Kühlschrank vergnügen würden, aktivierte sämtliche Schmetterlinge in ihrem Bauch.

»Dakota, Muffin, kommt mal nach der Mama!« Cola-Kippen-Handy-Mom wedelte mit ihrer brennenden Zigarette und hielt mit der anderen Hand die Sonnencreme hoch.

Die ist ja doch um die Gesundheit ihrer Kinder besorgt, dachte Klara überrascht und schämte sich dafür, dass sie ihr alle möglichen mütterlichen Fähigkeiten abgesprochen hatte.

»Schmiert eurer Mutter mal den Rücken ein, bevor

ich mich verbrennen tu.« Die beiden Mädchen gehorchten und fingen an zu cremen, während Asi-Mama es sich auf dem Bauch gemütlich machte.

Klara und Tristan schüttelten den Kopf.

»Kinder zu haben ist echt praktisch.« Tristan streichelte Laila verliebt über den Kopf. »Wollen wir uns langsam auf den Heimweg machen? Lailas Mittagsschlaf war kurz und ich hab keine Lust, dass sie mir gleich im Auto einpennt und dann bis in die Nacht wach bleibt.«

»Oh ja, der Albtraum aller Eltern. Julius, packst du bitte dein Sandspielzeug in die Tüte?« So lange er aufräumen gut fand, würde sie es ausnutzen.

Auf dem Parkplatz angekommen verstauten sie die Wickeltaschen, die Badetaschen, das Spielzeug und zuletzt die Kinder in den Autos.

»So«, sagte Klara an ihr Auto gelehnt.

»So«, echote Tristan mit den nervösen Händen in den Taschen seiner Jeans.

»Das war ein nettes Treffen.«

»Ja, nur du, ich und Familie Flodder.« Tristan lachte sonnig und steckte Klara damit an.

»Na dann«, tanzte Klara wortkarg um den Abschiedskuss herum.

Tristan trat einen Schritt auf sie zu und zog sie an den Hüften zu sich. »Komm her, du Traumfrau.«

Und dann küssten sie sich.


»Was für ein Tag!« Franziska ließ sich seufzend auf das riesige Kingsizebett fallen, das in der Luxussuite des Ritz in Paris stand.

»'At es dir denn bis jetzt gefallen, chérie?« Pierre war gerade dabei, sein Hemd aufzuknöpfen und sich für die Nacht auszuziehen.

»Doch, na klar, ich bin nur ganz schön platt. Und meine Füße erst recht.« Heute Morgen waren sie mit dem Flieger am Flughafen Charles de Gaulle angekommen, von dem sie von seinen Eltern Sylvie und Frédéric Dubois abgeholt worden waren. Gemeinsam hatten sie zu Mittag gegessen, um danach zu zweit die ersten Sightseeingpunkte abzuhaken: Notre-Dame und den Louvre. »Dieses Zimmer ist der Hammer, Pierre! Das muss doch Unmengen an Geld kosten!«

»Oui, das tut es, aber du bist es mir wert, mon coeur.« Mit ernstem Blick krabbelte er auf dem Bett auf sie zu und gab ihr einen leichten Kuss auf ihr nacktes Knie.

»Danke. Aber ich will, dass du weißt, dass ich mich auch in einem normalen Doppelzimmer sehr wohl gefühlt hätte.«

»Bien. Alors, wie findest du meine Eltern?«

»Nett.« Das traf es noch nicht richtig. Und auch in Pierres Augen konnte sie lesen, dass er mehr erwartete. »Elegant, gepflegt, Herrschaften der Upper Class, sehr Paris.« Wie meine eigenen unsympathischen Eltern, dachte sie. Dass sie das ständige Küsschen-links-Küsschen-rechts-Getue albern bis anstrengend fand, enthielt sie ihm noch vor.

»Das beschreibt sie sehr gut. Meine Schwester Dominique ist ganz anders als meine Eltern und viel mehr wie du. Du wirst sie mögen!«

»Klingt gut! Wann lerne ich sie denn kennen?« Über ein Programm für ihre Reise hatten sie noch gar nicht gesprochen.

»Übermorgen.«

»Aber da ist doch unser Jahrestag! Ich hatte gedacht, dass wir den zu zweit verbringen, Pierre.« Enttäuschung machte sich auf den feinen Laken breit.

»Oh chérie, das ist Teil meiner Überraschung. Isch verspresche dir, dass du Augen machen wirst.« Ihren Oberschenkel küssend robbte er in Richtung Kopfteil des Bettes. »Kannst du disch darauf einlassen?«

»Na gut. Aber nur, wenn du mit dem Küssen jetzt nicht aufhörst.« Das würde sie wenigstens davon ablenken, dass sie eine dumpfe Vorahnung dessen beschlich, was Pierre als große Überraschung geplant haben könnte.


Klara nippte genussvoll an ihrem Latte Macchiato und reckte ihr Gesicht der warmen Nachmittagssonne zu. Julius hatte sich am Brunnen des alten Markts hochgezogen und freute sich, dass er sich daran entlanghangeln konnte. Mit seiner kleinen Schaufel in der Hand tapste er vergnügt immer wieder um den Brunnen herum, streckte seine Händchen in Richtung der Wasserfontänen und feierte seine neugewonnene Unabhängigkeit. Auch Klara empfand ein lange vermisstes Gefühl der Freiheit: ihr Sohn brauchte sie ein kleines bisschen weniger als bisher und konnte sich alleine fortbewegen, so dass sie ihm einfach zuschauen und in Ruhe ihren Kaffee trinken konnte. Was für ein Unterschied zu seiner Säuglingszeit! Regelmäßig warf er ihr einen Blick zu und vergewisserte sich, ob sie noch da war.

»Huhu, Julius! Na, macht das Spaß?«, rief sie ihm zu.

»Da!«, rief er aufgeregt zurück.

»Was ist denn da?«

»Da!«, kam als Antwort. »Da!«

Klara sah, wie er sich auf der anderen Seite des Brunnens bückte und sich irgendetwas auf dem Boden anschaute. Bevor er sich noch eine Zigarettenkippe in den Mund steckte, stand sie lieber auf und schaute nach. »Was hast du denn da entdeckt?«, trällerte sie ihm entgegen, als sie sah, worin er hingebungsvoll buddelte. »Oh nein, Julius, Stopp! Das ist nichts zum Buddeln! Da hat ein Wauwau Aa gemacht und...« Kurz erinnerte sie sich an ihr damaliges Vorhaben, dass sie niemals Babysprache benutzen wollte.

Julius grinste sie an und zeigte stolz seine braunbeschmierte Schaufel.

»Das bringt Glück«, mischte sich ein vorbeigehender älterer Herr zwinkernd ein und lächelte Julius amüsiert zu.

Klara kramte nach etwas zum Abwischen und bedankte sich innerlich für das umfangreiche Sortiment, das sie immer mit sich herumschleppte, seitdem sie Mutter geworden war. Feuchttücher, Taschentücher, Spucktücher. Trotzdem wollte sie die Schaufel und Julius' Hände richtig abwaschen, exte ihren Latte und steuerte mit Julius unter dem Arm die Damentoilette des Coffee Stores an. Die anderen Gäste rümpften die Nase angesichts der Duftwolke, die sie hinter sich her zogen.

»Julius, bitte halt einmal ganz kurz still. Mama will dir nur mal kurz die Hände waschen. Genau, patsch patsch.«

Julius klatschte mit den Händen in das fremde Waschbecken und schaute fasziniert auf den Seifenschaum.

»Klara?«, fragte eine Stimme hinter ihr, die sie zwar gut kannte, aber trotzdem nicht sofort zuordnen konnte. Ausgerechnet jetzt – nach Hundescheiße stinkend, mit Schweißperlen auf der Oberlippe und mit dem zappelnden Julius über ein winziges Waschbecken gebeugt – wollte sie niemanden treffen. Sie blickte auf und sah im Spiegel, dass Waltraud, ihre ehemalige Chefin, aus einer der Kabinen gekommen war und nun hinter ihr stand.

»Waltraud!«

»Klara, kann ich dir irgendwie zur Hand gehen?«

»Ja, kannst du bitte Papierhandtücher aus dem Spender ziehen und Julius die Hände abtrocknen?«

»Na klar.«

»Danke. Wie geht's dir? Und was machst du hier?« Sie hatte immer angenommen, Waltraud würde nur ayurvedischen Tee in ausgesuchten Yogatempeln trinken statt Milchkaffee im Coffee Store.

Waltraud betupfte Julius' Händchen und erntete von ihm interessierte Blicke. So viele bunte Tücher an einer Person hatte er noch nie gesehen. »Ach, mir geht's so weit ganz gut. Du und Romy, ihr fehlt mir natürlich. Und die Arbeit auch, aber es ist besser so.« Melancholie stand in ihren Augen.

Klara hielt inne und versuchte, in Waltrauds Augen

zu lesen. »Wollen wir vielleicht noch ein bisschen quatschen? Also, nicht hier auf der Toilette, meine ich.«

»Gerne. Mein Mann sitzt vorne, aber der ist nicht böse drum, wenn ich ihn noch einen Moment länger Zeitung lesen lasse. Komm, ich trage deine Wickeltasche.«

Sie bestellten sich noch eine Limo, setzten sich damit nach draußen unter den großen Baum und drückten Julius ein Buch über Baustellenfahrzeuge in die Hand, das er mit Begeisterung durchblätterte.

»Ich muss dich unbedingt was fragen, Waltraud.«

»Dann frag doch.« Waltraud lächelte sie herzlich an.

»Wie konntest du nur?« Klara bemühte sich, ihren Zorn und ihre Enttäuschung zu verbergen, auch wenn sie wusste, dass Waltraud nie etwas verborgen blieb. »Wie konntest du »Höhepunkt« an so einen Idioten verscherbeln, der die Beratungsstelle zugrunde richten und Romy und mich rausekeln würde? Das muss dir doch von Vornherein klar gewesen sein!«

Waltraud atmete tief durch. »Ja, natürlich war ich mir dessen bewusst, Klara.«

»Aber das ergibt doch keinen Sinn!«

»Doch, das tut es. Darf ich dich zuerst fragen, wie es dir und Romy geht? Glaub mir, dann verstehst du mich besser.«

Klara schnaubte. »Gut. Uns beiden geht es wirklich gut. Julius feiert ja morgen seinen ersten Geburtstag und wir kommen immer besser zu zweit zurecht.«

»Und beruflich?«

»Nachdem ich Dr. Schilling kennengelernt hab, war mir schnell klar, dass ich für den nicht arbeiten will.

Und naja, was soll ich sagen, im Laufe der Zeit hab ich eine Geschäftsidee entwickelt, die ich jetzt in die Tat umsetze. Und Romy steigt da mit ein.« Stolz schwoll in ihr an und sie spürte, wie sich ein Lächeln auf ihrem Gesicht ausbreitete.

»Was denn für eine Geschäftsidee?«

»Ein Wellness- und Begegnungszentrum für Mütter. »mamacare« wird es heißen und soll Mütter davor bewahren, auszubrennen, zu vereinsamen oder durchzudrehen.«

Waltraud nickte anerkennend.

»Es wird Gesprächsgruppen geben, in denen es nicht um die Kinder gehen darf, sondern darum, sich selbst als Frau wieder kennenzulernen und sich mal wieder in Ruhe auszutauschen. Außerdem wird es eine Sauna, einen Massage- und einen Fitnessraum geben. Und selbstverständlich einen Raum für die Kinderbetreuung.«

»Toll, Klara, echt. Und hast du schon die Leute zusammen, die die Frauen massieren, trainieren und die Kinder betreuen?«

»Nein, und das ist der Clou der ganzen Sache.« Auf den nächsten Punkt war sie besonders stolz. »Wer die Vorteile von »mamacare« nutzen möchte, bezahlt einen geringen monatlichen Preis.«

»Also ein Monatsabo?«

»Genau, ein Monatsabo von 15 bis 20 Euro. Dafür hat jede Frau die Verpflichtung, dass sie sich irgendwie einbringen muss bzw. darf, denn meine Idee ist, dass jede etwas gerne tut und gut kann. Vielleicht ist die eine Frau Fitnesstrainerin und freut sich, einen Bauch-

Beine-Po-Kurs bei mir anbieten zu können. Im Gegenzug hilft ihr eine andere Frau, die vielleicht Steuerfachfrau in Elternzeit ist, bei der Steuererklärung. Eine Frau, die vor der Geburt nicht gearbeitet hat und trotzdem Angebote wahrnehmen möchte, kann ja vielleicht einen großen Topf Kleinkindessen kochen, von dem sich alle etwas abfüllen können. Ich stelle mir einen bunten Austausch kreativer und praktischer Dienstleistungen vor, von dem alle etwas haben.«

»Und die Kinder?«

»Die werden von älteren Leuten betreut, deren Enkel zu weit entfernt leben, um sie regelmäßig zu sehen. Zu einigen hab ich schon Kontakt. Die können unsere Eröffnung kaum noch erwarten und freuen sich darauf, mit unseren Kindern zu spielen.« Klara wurde bei der Vorstellung, wie Paul Dietrich alias EinsamerWolf79 demnächst mit Julius puzzelte, ganz warm ums Herz.

Waltraud strahlte sie begeistert an. »Du bist eine tolle Frau, Klara. Ganz ehrlich. Und jetzt sieh mir in die Augen und sag mir, ob du diese Geschäftsidee auch entwickelt hättest, wenn ich »Höhepunkt« nicht verkauft hätte.«

Klara schluckte.

»Stell dir vor: ab übermorgen würdest du genauso wie früher für mich arbeiten oder zumindest für jemanden, der ähnlich tickt wie ich. Wie viel Ehrgeiz hättest du entwickelt?«

»Da!« Julius zeigte entzückt auf einen Bagger in seinem Büchlein, was Klara verliebt lächeln ließ.

»Gar keinen. Ich hätte gar keinen Ehrgeiz entwickelt.

Aber das konntest du doch unmöglich wissen!«

Waltraud guckte versonnen. »Was du dir ausdenken würdest, wusste ich natürlich nicht. Aber ich hatte schon lange den Eindruck, dass du und Romy viel mehr könnt, als ihr euch zutraut. Von alleine hättet ihr mich aber niemals verlassen – dafür war es bei uns dreien zu kuschelig.«

»Also hast du uns einen esoterischen Arschtritt verpasst«, fasste Klara zusammen.

»Sozusagen.«

»Dann wirst du also gar nicht sterben, sondern wolltest uns nur-« In Waltrauds Blick sah sie sofort, dass ihre Hoffnung hoffnungslos war.

»Doch. Daran hat sich nichts geändert. Aber sag mal, wie wirst du das alles finanzieren?«

Klara zuckte die Achseln. »Meine Eltern leihen mir etwas Geld.«

»Und wo wird das Zentrum eingerichtet?«

»Wir haben eine alte Villa gefunden. In den nächsten Tagen müsste sich der Besitzer entscheiden, ob wir sie beziehen und für unsere Zwecke umbauen dürfen. Viel muss zum Glück nicht gemacht werden, allerdings wird die Sauna ganz schön ins Geld gehen. Aber wir schaffen das schon.«

Waltraud nickte wieder. »Ich muss jetzt zurück zu meinem Mann – der winkt schon mit seiner Zeitung. Aber falls wir uns nicht mehr sehen: Ich wünsche dir alles Glück der Welt und ganz viel Erfolg dabei. Wirklich.«

Klara konnte das Gefühl nicht abschütteln, dass sie Waltraud zum letzten Mal gesehen hatte.

Der Wind, der an diesem Morgen oben auf dem Eiffelturm ziemlich kühl war, verwuschelte Franziskas frisch gestylten Locken. »Alles Liebe zum Jahrestag, mon coeur«, hatte Pierre ihr heute Morgen beim Aufwachen ins Ohr geflüstert.

»Danke, dir auch alles Liebe, Pierre«, hatte sie geantwortet, bevor sie sich wild in den weißen Laken geliebt hatten. Die herzförmigen Pralinen aus dem Supermarkt, die Franziska danach aus der Schublade des edlen Nachttischschränkchens gezogen hatte, waren ihr verglichen mit dem Luxuszimmer schäbig vorgekommen.

»Du bekommst später dein Geschenk, mon chérie«, hatte Pierre ihr mit leuchtenden Augen angekündigt.

Sie hatte keinen Zweifel mehr, was er damit meinte. Nur ein Idiot würde nicht erraten, dass Pierre vorhatte, ihr einen Heiratsantrag zu machen. Es war ihr Jahrestag. Er hatte sie nach Paris eingeladen. Und jetzt standen sie aufgebrezelt auf dem Eiffelturm und schauten sich in die Augen. Jeden Moment würde er ihr die Frage aller Fragen stellen und erwarten, dass sie ihm selig in die Arme fiel. Aber würde sie das tun?

»Ganz schön zugig hier oben«, lenkte Franziska ihre Gedanken auf einen ungefährlichen Weg.

»Oui. Aber 'ier oben kann man wenigstens frei atmen. Nischt so, wie mitten in der Stadt.«

»Hm hm.«

»Die Feinstaubbelastung erreischt 'ier immer wieder Rekordwerte und beschäftigt andauernd die Politik«, faselte er weiter, was Franziska als nervöses Zeit-schinden interpretierte.

Dann nahm er ihre rechte Hand in seine Linke und drehte sich zu ihr. »Franziska, isch 'abe disch nischt gebeten, misch auf den Eiffelturm zu begleiten, um disch mit dem französischem Smog zu langweilen.« Pierre holte tief Luft. »Wir sind so ein glücklisches Paar...«

Oh. Mein. Gott. Jetzt geht's los.

Er griff sich mit der rechten Hand in die Innentasche seines Jackets. »...und isch möschte, dass du...«

Franziska konnte sich geradeso dem Impuls widersetzen, die Augen zuzukneifen. Schließlich bekam sie gerade einen Antrag und schaute keinen Horrorfilm. Oder doch? Sie sah, wie er langsam die Hand aus dem Jacket zog, in welcher sich...

»...isch möschte, dass du weißt, woher isch komme.«

...ein kleines Fernglas befand. Ein Fernglas?!

»Äh, was?« Ihr Gehirn war noch zu stark damit beschäftigt, das Bild zu verarbeiten, als das es Texte verstehen konnte.

»Von 'ier aus kann man das Viertel se'en, in dem isch aufgewachsen bin. Eine feine Gegend. Wenn du disch genau 'ier 'instellst, siehst du die Schule, in der isch als Bester meines Jahrgangs den Abschluss gemacht 'abe.«

»Oh. Interessant.« Wie vorgeschlagen schaute sie durch das Fernglas und fragte sich, was sie mehr beunruhigte. Dass sie anscheinend zu viel in diese Reise hineininterpretiert hatte, dass sie ihn möglicherweise gar nicht heiraten wollte oder dass sie mit einem eingebildeten Streber zusammen war.

»Und? Wie läuft es zwischen dir und dem heißen

Papi?« Romy war etwas früher als die restlichen Gäste gekommen, um Klara bei den Vorbereitungen zu helfen.

»Wir haben uns geküsst.« Mit aufgepusteten Luftballons in der einen und Tesafilm in der anderen Hand kletterte sie auf einer Trittleiter herum.

»Ui ui ui, erzähl mir mehr! Weiter links!«

Klara klebte drei blaue Ballons an die Stelle, die Romy ihr empfohlen hatte. »Stell dir vor, du hast verbundene Augen und erwartest einen Löffel mit Vanillepudding, machst den Mund auf und schmeckst Mayonnaise.«

»I gitt. So schlimm?«

»Ja. Könntest du bitte die Girlande auseinanderzupfen?« Klara hatte wieder festen Boden unter den Füßen und suchte nach einem geeigneten Platz für die Deko.

Romy nickte. »Was war denn so schlimm? Hat er nach alter Salami geschmeckt? Oder gesabbert wie ein Hochlandrind?«

»Nein, nichts davon.« Sie erklomm wieder die Trittleiter und piekste eine Stecknadel in die Tapete. »Ich hatte in der zehnten Klasse eine Freundin, die mit ihrem großen Bruder Zungenküsse geübt hat. Florian und ich-«

»Ihr habt das auch gemacht?!« Romy guckte geschockt und ließ vor Schreck die Girlande fallen.

»Oh Gott, nein. Wir beide fanden die Vorstellung total abwegig. Aber wenn wir es geübt hätten, dann hätte es sich garantiert genauso angefühlt. Eben wie Bruder küsst Schwester und nicht wie heiß Verliebte.

Aber immerhin sind wir beide uns seitdem einig, dass wir es lieber bei einer rein platonischen Freundschaft belassen.«

»Ach schade.« Romy reichte Klara die Deko und ließ sich auf einen Stuhl sinken.

»Was meinst du damit? Gibst du mir noch eine Stecknadel, bitte?«

»Klar, hier. Ich meine damit, dass du es verdient hättest, die Liebe zu finden. Nach Lorenz und Lars wäre es doch einfach schön gewesen, wenn du jetzt den Richtigen gefunden hättest.«

»Das ist lieb von dir. Aber ich hab doch Julius.« Zwinkernd drehte sie sich zu Romy um.

»Lass das nachher nicht deine Mutter hören. Die haut dir sonst wieder ihre Bindungstheorien um die Ohren.«

»Oh ja.« Klara rollte mit den Augen und hoffte, dass der Nachmittag mit all ihren Lieben und weniger Lieben friedlich über die Bühne gehen würde. »Davon abgesehen hättest du die Liebe auch verdient nach deinem Online-Reinfall und dem Stalker.«

»Da gebe ich dir recht. Ich hab ja noch ein Ass im Ärmel.«

»Der Typ vom Speeddating?« Vom Wohnzimmer aus betrachtete Klara ihr Werk im Essbereich. Die Ballons, die Girlande und die Tischdeko verströmten richtige Partylaune und machten sie sentimental.

»Genau der.«

»Wie heißt der eigentlich?«

Bevor Romy antworten konnte, klingelte es an der Tür, was Julius aus seinem Mittagsschlaf weckte.

»Wer kommt denn schon so früh? Romy, gehst du

bitte zur Tür? Ich gehe zu Julius.«

»Klar.«

Klara hörte, wie Romy im Flur Lorenz begrüßte.

Julius rieb sich schläfrig die Augen, gähnte herzhaft wie ein kleines Löwenbaby und streckte sich ausgiebig. »Mama.«

Ihr Herz ging auf. Bisher hatte sie nie so richtig verstanden, warum Mütter so einen Terz um den ersten Geburtstag ihrer Sprösslinge machten. Die bekamen doch noch gar nicht wirklich mit, was los war. Aber seit heute wusste sie, dass dieser Tag für die Mütter aufregender war, als für die Kleinen. In den letzten Tagen hatte sie ständig gedacht: »Vor einem Jahr warst du noch in meinem Bauch! Unglaublich!« Und heute checkte sie andauernd die Uhrzeit und erinnerte sich zurück, was sie genau vor einem Jahr getan hatte. Die Dreharbeiten für die Reportage über »Höhepunkt«, der Blasensprung, die Hausgeburt. Wo war nur die Zeit geblieben? »Hallo mein Schatz! Na, hast du dich schön für heute Nachmittag ausgeruht?« Den kleinen warmen Körper an sich drückend wischte sie sich eine Träne von der Wange. »Wir machen dir jetzt ganz schnell eine frische Windel und dann darfst du deine ersten beiden Gäste begrüßen. Du hast nämlich heute Geburtstag!«

Julius gluckste und kuschelte sein Gesicht an ihren Hals.

»Franziska, das ist meine Schwester Dominique. Nicki, c'est Franziska, mon amour«, machte Pierre die beiden Frauen miteinander bekannt. Anlässlich ihres

Jahrestages hatte Pierre sie und seine Familie in ein nobles Lokal zum Brunchen eingeladen, von dem man auf ganz Paris blicken konnte. Schon wieder. Das Wort Nationalstolz schien für Pierre erfunden worden zu sein. In weißem Hemd und grauer Anzughose sah er richtig schick aus und glücklicherweise hatte er ihr geraten, sich ebenfalls rauszuputzen. Deshalb hatte sie also das graue Etuikleid einpacken sollen, das sie eigentlich nur trug, wenn ein Kind in ihrem Freundeskreis getauft wurde oder ein Verwandter seinen 70. Geburtstag feierte.

»Salut.« Dominique streckte Franziska eine dürre Hand entgegen, an der sie nichts außer überteuerter französischer Handcreme trug. Ihr Lächeln wirkte eher kühl und fand nicht einmal den Weg bis zu ihren Augen.

Und die soll mir ähnlich sein, wunderte Franziska sich. »Salut.«

»Da lässt sich unser Herr Doktor aber nicht lumpen«, bemerkte Dominique in akzentfreiem Deutsch spitz und deutete auf die Wahl des Restaurants, als Pierre zu seinen Eltern gegangen war. »Scheint ja gut zu laufen bei euch in Deutschland.«

»Ähm, ja, ich glaube, dass er viele Patientinnen hat.« Franziska bemühte sich, den schnippischen Unterton zu überhören. »Was machst du denn beruflich?«

»Ich bin Moderedakteurin bei der Marie Claire.«

»Oh, wow.« Franziska stellte sich vor, wie Dominique gerade in der Front Row einer Modenschau die neusten Kreationen einer aufstrebenden Designerin verbal zerrissen hatte.

»Und du?« Desinteressiert schaute sie in der Gegend herum.

»Ich bin Hebamme.«

»Ach ja, das hatte Pierre uns schon erzählt.«

Offenbar war es nicht spannend genug, um es sich zu merken. Na warte, Schwägerin in spe! »Das ist ein toller Beruf. Ich liebe es, dabei sein zu dürfen, wenn Frauen unter der Geburt über sich selbst hinauswachsen, ein neues Leben die Welt betritt und aus Paaren Familien werden. Was liebst du an deinem Beruf?«

Dominique warf ihr einen genervten Blick zu. »Dass ich Prozente bei Gucci kriege.«

»Na Mädels, versteht ihr eusch?« Pierre nahm die beiden Frauen rechts und links in seine Arme und brachte sie zum reservierten Tisch. »Nicki, setz disch bitte 'in. Und du, chérie, bleib doch bitte 'ier an meiner Seite ste'en.«

Er haute mit seinem Dessertlöffel an sein Sektglas und räusperte sich. »Liebe Franziska, liebe Maman, lieber Papa, liebe Dominique. Isch bin so glücklisch, dass ihr endlisch meine große Liebe kennenlernt. Viel zu lange 'aben wir alle uns nischt gese'en, viel zu lange 'abt ihr ischts von unserem Glück mitbekommen.«

Franziska musste bei dem Gedanken an ihren Betrug mit Marius schwer schlucken. Pierre hatte offensichtlich nichts bemerkt, was sie einerseits erleichterte, andererseits aber auch schockierte. Wie wenig musste er sie kennen, dass er ihre inneren Erdbeben der letzten Monate komplett übersehen hatte?

»Auf einer Tagung im Sommer letzten Jahres 'atte es

zum ersten Mal zwischen uns gefunkt. Und 'eute genau vor einem Jahr, 'aben wir zusammen einem Kind auf die Welt ge'olfen. Das war auch gleischzeitisch die Geburt unserer Liebe.«

Eigentlich habe ich Julius auf die Welt geholfen, während du sehr fachmännisch zugeguckt hast, erinnerte sich Franziska. Und seine Flirterei zwischen Klaras geöffneten Oberschenkeln fand sie damals auch unpassend.

»Franziska, isch möschte, dass du zur Familie Dubois ge'örst und für immer an meiner Seite bleibst.« Er hatte sich zu ihr gedreht und ihre Hände genommen. »Bitte werde meine Frau.«


»Ein ipad?« Klara guckte auf Lorenz' Geschenk, dessen Papier gerade von Julius untersucht wurde. »Ernsthaft? Für einen Einjährigen?«

»Ist dir das nicht gut genug?« Lorenz verschränkte angepisst die Arme.

»Darum geht es nicht. Aber was soll er denn damit?«

»Ich dachte, dass er darauf Filmchen gucken kann, damit du mal in Ruhe kochen oder duschen kannst. Auch wenn du es nicht glauben willst: es war gut gemeint von mir.«

Julius schnappte sich einen Teelöffel und hämmerte auf dem ipad herum.

»Musik machen kann er damit auch«, streute Romy Salz in Lorenz' Wunde, als es wieder klingelte.

»Komm, Julius, wir machen mal die Tür auf.« Klara nahm ihn auf den Arm.

»HERZLICHEN GLÜCKWUNSCH!!!«, trompeteten

Leonore und Herbert im Treppenhaus herum und stürmten mit Heliumballons und riesigen Geschenken auf den verdutzten Julius zu.

»Donnerwetter, kommt doch erstmal rein.« Klara trat instinktiv einen Schritt zurück, um etwas Abstand zwischen Julius und ihre aufgedrehten Eltern zu bringen.

»Na, hältst du dich an Mama fest, Julius? Oder kommst du mal bei der Oma an die Hand?«

»Mama, Julius läuft noch nicht an der Hand.«

»Nein? Herbert, weißt du noch, wie unser Florian an seinem ersten Geburtstag seine ersten Schritte gemacht hat? Vielleicht erleben wir das ja heute noch einmal!«

Herbert nickte melancholisch.

Wie oft hatte sie die Geschichte über ihren großen Bruder schon gehört? Klara konnte es nicht zählen. Auch wenn sie wusste, dass es die Trauer ihrer Eltern war, die aus ihnen sprach, ging ihr die Vergleicherei auf die Nerven. »Schauen wir mal. Was habt ihr denn da alles mitgebracht?«

»Alles, was das Enkelherz begehrt, nicht wahr, Julius? Du süßer kleiner Hosenscheißer!« Leonore killerte ihn am Bauch und hielt sich eine Sekunde später die Augen zu. »Wooo ist die Oma? Daaa ist die Oma!«

»Deine Eltern machen mich wahnsinnig«, raunte Romy Klara in der Küche zu, als sie gerade die Sendung-mit-der-Maus-Piekser auf dem Kirschkuchen verteilten.

»Wieso das denn?«, fragte Klara mit gespieltem Entsetzen und spielte lautlos Leonores Kuckuckspiel nach.

»Wer kommt denn noch so? Deine alptraumhaften Schwiegereltern etwa auch?«

»Natürlich. Ich bin gespannt, wie es ihnen geht. Beim letzten Sonntagskaffee war Hildegard im Singleurlaub und Konrad zum ersten Mal seit fünfzig Jahren alleine zu Hause.« Gedanklich checkte sie, ob sie an alles gedacht hatte. Kaffee, Tee, Milch, Zucker, Süßstoff... »Und Laila und ihr Papa kommen auch.«

»Der Mayo-Küsser?« Romy riss gespannt die Augen auf.

»Ja, genau der. Aber bitte verkneif dir gleich den Spitznamen. Hat es gerade geklingelt?«


»Klara, meine Eltern sind da.« Lorenz kam mit Hildegard und Konrad im Schlepptau ins Wohnzimmer. Sie musste mehrfach hinsehen, um die beiden als ihre Ex-Schwiegereltern zu erkennen.

»Hallo Klara, alles Gute zum ersten Geburtstag deines Sohnes.« Hildegard, die erholt aussah wie eh und je, nahm sie liebevoll in die Arme. »Das ist ein ganz besonderer Tag.«

»Danke.« Tränen der Rührung bahnten sich ihren Weg.

»Von mir auch herzlichen Glückwunsch an dich und Julius.« Konrad kam auf sie zu, sah ihr so freundlich, wie es ihm möglich war, in die Augen und gab ihr fest die Hand.

»Danke, Konrad. Setzt euch doch. Das Geburtstagskind findet ihr irgendwo unter dem Haufen Geschenkpapier.«

Ganz gentlemanlike nahm Konrad seiner Frau die Jacke ab und ließ ihr bei der Platzwahl den Vortritt. »Wo möchtest du sitzen, mein Liebling?«

Klara dachte, sie hätte sich verhört und warf Hildegard einen fragenden Blick zu, den sie zwinkernd erwiderte.

»Hier unten bei Julius auf dem Boden. Oder brauchst du Hilfe in der Küche, Klara?«

»Unbedingt.« Klara musste sofort wissen, was bei denen bloß passiert war.

»Ich hatte dir doch eben auch schon meine Hilfe angeboten«, empörte sich Leonore. »Du willst doch nicht ausgerechnet heute postpubertäres Verhalten an den Tag legen und deine Mutter ablehnen, oder?«

Seufzend schüttelte Klara den Kopf und winkte sie zu sich in die Küche.

»Was hast du mit Konrad angestellt?« Klara hatte hinter Hildegard die Küchentür geschlossen und starrte sie eindringlich an.

»Ach, ich sag mal so: manchmal merkt ein Mann erst, was er an seiner Frau hat, wenn er ein paar Tage ohne sie zurecht kommen muss.«

»Und das ist das ganze Geheimnis?« Skeptisch zog Klara eine Augenbraue hoch.

»Als Therapeutin kann ich bestätigen, dass man im Alleingang viel besser in sich gehen und ganz neue Seiten an sich und anderen entdecken kann«, drängte ihnen Leonore ihren Senf dazu auf.

»Ja. Und dass ich ihm gesagt habe, dass ich in meinem Singleurlaub so glücklich war, wie in den letzten zwei Jahrzehnten mit ihm nicht mehr, hat auch dazu beigetragen, dass er sich mehr bemüht.«

Klara und ihre Mutter nickten andächtig. Zu sehen, wie eine ehemals klein gehaltene Frau sich dermaßen wandelt und von ihren Fesseln befreit, hatte etwas Magisches.

»Seitdem er weiß, dass ich mich intensiv mit dem Gedanken beschäftigt habe, ihn zu verlassen, ist er sehr nett zu mir. Zuvorkommend. Höflich. Respektvoll. Wir führen eine Ehe, wie ich sie bisher höchstens aus Liebesromanen kannte.«

»Also gibt es doch ein happy end«, sagte Klara verträumt. »Kommt, lasst uns zu den anderen gehen.«

»Da! Da!« Julius warf fasziniert Geschenkpapierschnipsel in die Luft und freute sich, wenn Romy, Lorenz, Herbert oder Konrad auch irgendwelchen Quatsch machten.

»Können wir denn jetzt endlich Kuchen essen oder müssen wir noch auf jemanden warten?« Lorenz guckte auf die Uhr.

»Laila und ihr Papa kommen noch.« Klara gab Julius einen Kuss auf den Kopf und atmete seinen Duft ein.

»Oh, hat der Julius eine kleine Freundin?«, freute sich Leonore für ihren Enkel. »Unser Florian ist auch von Anfang an gut bei den Frauen angekommen.«

Das stimmt doch gar nicht, ärgerte sich Klara.

»Dass erwachsene Menschen plötzlich keinen eigenen Namen mehr haben, so bald sie Kinder kriegen, finde ich echt peinlich«, stänkerte Lorenz herum. »Sollen wir den Typen gleich mit Lailas Papa ansprechen oder wie?«

Es klingelte an der Tür wie bestellt.

»Nein, natürlich nicht. Ich mache mal auf und dann kann er sich ja selbst vorstellen.« Klara warf Romy einen Seitenblick zu, der ihr sagte: Er heißt weder »heißer Papi« noch »Mayo-Küsser«!

»Hallo ihr beiden, kommt doch rein. Mit euch sind wir jetzt komplett.« Klara führte sie ins Wohnzimmer.

»Das sind Laila und-«

»Tristan!« Romy war blass geworden.

»Romy!« Seine Augen flammten auf. Genauso wie ihre, weil er sich endlich ihren Namen gemerkt hatte.

»Ihr kennt euch?« Klara entging nicht das Knistern zwischen ihnen. So intensiv, wie Tristan Romy anschaute, hatte er Klara nie angesehen.

»Ja, vom Speeddating vor ein paar Monaten«, klärte Tristan sie auf. »Schön, dass wir es endlich mal schaffen, uns zu treffen«, sagte er an Romy gerichtet. »Bist du mit Julius verwandt?«

»Sozusagen«, mischte Klara sich ein. »Romy ist meine beste Freundin.«

»Die über alles Bescheid weiß«, ergänzte Romy mit einem Zwinkern zu Klara.

Tristan legte den Kopf in den Nacken und sagte lachend: »Oh man. Naja, dann weißt du ja wenigstens, dass ich dich niemals mit deiner besten Freundin betrügen werde, Romy.«

Was voraussetzt, dass wir ein Paar werden, schlussfolgerte Romy. Einerseits freute sie sich über seine Euphorie, sie wiederzusehen. Andererseits hatte er mit Klara rumgeknutscht und sich Romy warm gehalten. Was hatte sie noch mal in den letzten Monaten davon abgehalten, ein Date mit ihm auszumachen? Paul?

Mirko? Ihr Job? Wie es aussah, hatte sie auch nicht zu Hause gesessen und unschuldig auf ihn gewartet. Julius' Kindergeburtstag wurde gerade jedenfalls erheblich interessanter als vermutet.

An der großen Tafel hatten sie Julius ein Ständchen gesungen und sich über den Kuchen hergemacht. Julius und Laila hatten zum ersten Mal etwas mit Zucker gegessen und krabbelten jetzt wie Mäuse auf Ecstasy durch die Wohnung.

»Ich habe noch eine Bitte an euch.« Klara verteilte Briefpapier und Stifte. »Ich hätte gerne, dass jeder von euch einen Brief an Julius mit Glückwünschen zu seinem 18. Geburtstag schreibt. Man weiß ja nie, was die Zeit uns allen bringt und es wäre für ihn bestimmt ein tolles Geschenk.«

Mehr oder weniger begeistert hatten alle Gäste zu Stiften gegriffen und waren nun eifrig am Schreiben. Klara schaute sich am Tisch um. Romy und Tristan malten sich gegenseitig kleine Herzchen auf das Papier. Konrad bot Hildegard großzügig an, die Kugelschreiber zu tauschen, da ihrer nicht so weich schrieb wie seiner. Leonore und Herbert teilten sich eine Packung Taschentücher, weil sie die Aktion daran erinnerte, dass Julius keinen Brief von seinem Onkel Florian erhalten würde. Und Lorenz surfte in seinem Handy, was man in so einem Brief schreiben könnte.

Jeder hat jemanden, dachte Klara mit einem Anflug von Einsamkeit und hörte das Klingeln ihres Handys. Heute war wirklich ein trubeliger Tag. »Romy! Franziska ruft mich gerade an!« Aus ihrer melancholischen Stimmung gerissen nahm Klara das Gespräch an und schaltete den Lautsprecher ein, damit Romy mitreden konnte.

»Bonjour Madame Dubois!«, riefen sie fröhlich im Chor.

Stille am Ende der Leitung. »Franziska?«, fragte Klara vorsichtig nach. Verdammt! Hatte Pierre ihr vielleicht noch gar keinen Antrag gemacht und sie hatten die Überraschung verdorben?

»Ja, ich bin dran.«

»Was ist los? Können wir dir gratulieren?« Romy knibbelte nervös an ihren Fingern herum.

»Gratulieren? Wozu?«

Klara und Romy sahen sich an und zuckten lautlos die Schultern.

»Ähm, also...«, stammelte Klara herum.

»Meint ihr den Heiratsantrag, den Pierre mir gemacht hat?«

»Ja!«, riefen sie wieder im Chor und atmeten erleichtert auf.

»Ich hab »Nein« gesagt und stehe jetzt am Flughafen.«

»Wie bitte?« Klara konnte es nicht fassen.

»Du veralberst uns«, warf Romy ihr vor.

»Nein. Ich habe den Antrag abgelehnt und werde Pierre nicht heiraten.« Franziska klang gefasst.

»Warum denn nicht?« Klara meinte, über Romys Kopf herzförmige, rosafarbene Seifenblasen zerplatzen zu sehen.

»Weil ich glaube, dass er mich nicht kennt. Weil mein Ärger über ihn, der sich über die letzten Monate angestaut hat, sich nicht einfach so aufgelöst hat. Weil ich nie so einen Tamtam-Antrag wollte. Weil wir noch nie übers Heiraten gesprochen haben. Weil mich der Antrag an den von deinem peinlichen Ex erinnert hat, Klara.«

Lorenz schaute hoch und guckte pikiert.

»Und am wichtigsten: weil ich mir keinen Mann wünsche, der mich auf Händen trägt, wie Pierre, und keinen Mann, der mich nur benutzt, wie Marius.«

»Sondern?«

»Frauen«, murmelte Lorenz kopfschüttelnd, woraufhin Klara und Romy den Raum wechselten, um Franziskas Seelenleben nicht vor der versammelten Mannschaft auszubreiten.

»Ich wünsche mir einen Partner, der mir auf Augenhöhe begegnet. Und die ist Pierre und mir in der letzten Zeit abhanden gekommen.«

»Und wie geht's jetzt weiter?« Klara hatte Besuch von Julius bekommen, der sich an ihrer Hose in den Stand hoch zog.

»Ich fliege gleich von Paris nach Gran Canaria. Ich hab ja sowieso meinen Koffer dabei und hatte mir die nächsten Tage freigehalten. Und dahin geht nun mal der nächste Flug, der noch einen freien Platz hat.«

»Dann grüß meine Oma Lilli, wenn du sie triffst. Die residiert da nämlich im Moment ganzjährig, die alte Sonnenanbeterin.«

»Das mach ich. Und gib Julius einen dicken Kuss von mir zum Geburtstag.«


»Geschafft.« Nachdem die letzten Gäste gegangen

waren, hatte Julius noch ein kleines Abendbrot gegessen und war danach in einen komaähnlichen Schlaf gefallen. Jetzt noch eine Runde mit dem Beckenbodentrainer die Wohnung aufräumen und dann lege ich auch die Beine hoch, nahm sich Klara vor. Sie sortierte das schmutzige Geschirr in die Spülmaschine, packte das Geschenkpapier in die Papiertonne, fegte Kuchenkrümel weg und stellte die Geschenke auf dem Geburtstagstisch nett hin. Noch ein Foto für Facebook knipsen, um ein paar Glückwünsche einzuheimsen, und dann stand ihrer Beziehung mit ihrem Schlafanzug nichts mehr im Weg. Im Badezimmer zog sie sich aus und dachte an die Ereignisse des Tages zurück. Hildegard und Konrad hatten ihre Ehe aufgefrischt. Romy und Tristan waren dabei, miteinander anzubandeln. Jetzt gerade saßen sie bestimmt auf seinem blauen Sofa und tauschten Küsse aus, die für Romy hoffentlich nach allem schmeckten, was sie anmachte. Und Franziska hatte Pierres Heiratsantrag abgelehnt. Klara bewunderte sie für ihre Stärke, die sie damals bei Lorenz' Antrag noch nicht hatte. Gerade als sie splitterfasernackt war, klingelte es an der Tür. Wollte noch jemand seine Glückwünsche da lassen? Klara schnappte sich den kurzen Kimono aus Seide, der an einem Haken an der Badezimmertür hing und warf ihn sich auf dem Weg zur Tür über. Eigentlich trug sie ihn nie, weil er ihr im Winter zu kalt war, sie im Sommer keinen Bademantel brauchte und seit Julius sowieso nur Sachen trug, die unkompliziert zu waschen waren. Vermutlich hatte sie ihn vor ein paar Jahren nur gekauft, weil ihr die rosafarbenen

Kirschblüten auf schwarzem Untergrund gut gefielen.

»Ja bitte?«, fragte sie in die Gegensprechanlage.

»Frau Neumann?« Eine männliche Stimme, die ihr nicht bekannt vorkam.

»Ja. Und wer sind Sie?«

»Oliver Pfeffer. Sie haben sich um meine Villa beworben und ich würde Sie gerne kennenlernen.«

Ach du Scheiße. »Wir haben keinen Termin, oder?«

»Nein, aber das macht es ja so interessant.«

Sie konnte ihn durch die Anlage grinsen hören. Was sollte sie tun? Die Villa war ein Traum und ihn jetzt wegzuschicken würde ihn vielleicht vergraulen. Bestimmt war sie nicht die einzige Bewerberin. »Kommen Sie hoch.« Warum habe ich ihn nicht gebeten, mir 5 Minuten Zeit zu geben, fragte sie sich und öffnete ihm die Wohnungstür. Mit locker hochgetüddelten Haaren. Abgeschminkt. Im Kimono.

»Hallo.« Plötzlich wirkte er gar nicht mehr so forsch, wie er da im Treppenhaus stand und sie anlächelte.

»Hallo.« Klara hatte mit einem Mann gerechnet, der im Anzug und einer Aktentasche daher kam. Aber Oliver Pfeffer war ganz anders. Eher der Typ Sunnyboy meets Abenteurer, der mit seinem Golden Retriever den ganzen Tag am stürmischen Strand verbringt. Turnschuhe, Kapuzenpulli, Jeans, blonder Wuschelkopf. Alles an ihm roch nach frischer Luft. »Kommen Sie doch rein.«

»Danke.« Er trat ein und reichte ihr ein Päckchen, das in Dinopapier eingepackt war. »Das ist für Ihren Sohn.«

Klara zog fragend die Augenbrauen hoch.

»In Ihren Bewerbungsunterlagen haben Sie sein Geburtsdatum angegeben.«

»Wow, danke! Sie sind aber aufmerksam.«

»Ach, das ist nur eine Kleinigkeit. Stapelbecher. Jedes Kind braucht Stapelbecher, wenn Sie mich fragen.«

»Er wird Sie dafür lieben«, lachte Klara ihn offen an und fühlte, wie ihr Farbe ins Gesicht schoss. »Gehen wir doch ins Wohnzimmer.«

Oliver Pfeffer folgte ihr und schaute ihr geradeaus in die Augen, als sie beim Esstisch stehen blieben. »Haben Sie irgendwelche Fragen zu der Villa?«

»Ja.« Klara hielt kurz inne und verlagerte ihr Gewicht von einem Bein aufs andere. Irgendwas fühlte sich komisch an. »Frau Marquart hat mir nichts zum Preis gesagt.«

»Und jetzt möchten Sie wissen, was der ganze Spaß eigentlich kostet.« Er lehnte sich lässig mit dem Po an eine Stuhllehne an.

»Genau. Wenn ich es mir nicht leisten kann, haben Sie mich vielleicht völlig umsonst besucht.« Eine ihrer Hände wanderte wie automatisiert zu ihrem Dekollté und strich sanft darüber.

Lächelnd schüttelte er den Kopf. »Den Gedanken können Sie direkt wieder vergessen. Aber zurück zum Preis: Ich bin von Ihrem Vorhaben echt begeistert und möchte Sie dabei unterstützen, in dem ich Ihnen preislich entgegenkomme.«

»Und was heißt das konkret?«

»Dass Sie mir sagen, was Sie sich leisten können und ich Ihnen sage, ob das für mich in Ordnung ist.«

Das klang zu schön, um wahr zu sein. »Ohne

Gegenleistung?«

»Nein.«

Aha, irgendeinen Haken gab es doch immer. Klara verschränkte die Arme und stellte sich in Abwehrhaltung auf. Die kalten Fliesen kribbelten unter ihren nackten Füßen und ließen sie frösteln. »Was stellen Sie sich vor?«

»Naja, ich möchte zur Eröffnung eingeladen werden, beim Umbau ein Mitspracherecht haben und die Spielsachen für die Kinderbetreuung sponsorn.«

»Warum?«

»Weil meine Familie eine Stiftung hat und wir Projekten, die Gutes für Kinder und Familien im Sinn haben, unter die Arme greifen wollen.«

Klaras Gesichtszüge wurden weich. »Entschuldigen Sie, dass ich Sie verdächtigt habe, dass Sie...naja« Ihre Nase fing an zu kribbeln. »Ich glaube, ich muss gleich...hatschi!« Oh nein. Ihr Beckenboden hatte sein Training beendet. Schlagartig.

Oliver Pfeffer ging vor ihr in die Knie, hob den kleinen Kegel an dem Rückholbändchen auf, der vor ihren pink lackierten Zehen gelandet war und hielt ihn ihr hin. In seinen Augen standen Belustigung, Erregung und absolute Sympathie. »A propos Spielzeug.«

»Ähm, danke, Herr Pfeffer.« Oh mein Gott, ekelte er sich denn nicht davor, das Ding anzufassen? Sollte sie ihn aufklären, was er da in der Hand hielt? Was war peinlicher? Dass er dachte, sie würde sich den Abend mit Liebeskugeln versüßen oder ihm auf die Nase zu binden, dass sich ihr Beckenboden noch nicht von der

Schwangerschaft erholt hatte?

»Nenn' mich Oliver. Ich glaube, wir haben eben intimeren Boden betreten.«

»Das glaube ich auch. Willst du was trinken?«

»Auf jeden Fall.«

Manchmal war Bielefeld eben doch Hollywood.

# Epilog

JANUAR – 4 Monate später

Mutterliebe, die:
überwältigendes, erfüllendes, verwirrendes,
nervenzerfetzendes Gefühl, das sich nicht in Worten
ausdrücken lässt. Wirklich nicht.

Die Post brachte heute neben den üblichen Rechnungen und Werbeaktionen eine Postkarte von Franziska und einen Brief mit einem schwarzen Rand.

»Liebe Klara, liebe Romy, viele liebe Grüße aus Neuseeland! Ich genieße es hier sehr und könnte mir gut vorstellen, für immer hierhin auszuwandern! Während ihr vermutlich zur Zeit Schnee schippen müsst, lasse ich meine Haare in der Sonne trocknen! Übrigens haben mich ein paar eurer Frauen angeschrieben, wann ich den nächsten Online-Vortrag zum Thema »Langzeitstillen« halten werde. Lasst uns doch darüber demnächst noch mal sprechen, ja? Bis bald! Eure Franziska« Auf Gran Canaria hatte sie einen erfahrenen Weltenbummler kennengelernt, der sie in sein Wissen eingeweiht und ihr eine Rundreise schmackhaft gemacht hatte. Nachdem sie ihre schwangeren Patientinnen in Deutschland versorgt und an Kolleginnen übergeben hatte, hatte sie ihre sieben Sachen gepackt und schaute sich nun Geburten und Wochenbetten rund um den Globus an.

Klara legte die Karte lächelnd auf Romys Schreibtisch und nahm den Brief mit dem schwarzen Rand in die Hand. Sie öffnete ihn und erinnerte sich mit einem dicken Kloß im Hals an die Zeit zurück, in der sie sich um die Kondolenzbriefe für ihren Bruder kümmern musste. Sie hatte eine Vorahnung, was sie gleich sehen würde. »Waltraud Hempel«, las sie in der Mitte der Todesanzeige und strich mit der rechten Hand ungläubig darüber. Nachdem Waltraud ihr das Geld, das sie von Dr. Schilling für »Höhepunkt« bekommen hatte, komplett für »mamacare« überwiesen hatte, hatten sie noch häufiger Kontakt gehabt. Bei Waltraud war Bauchspeicheldrüsenkrebs festgestellt worden, der ziemlich schnell ziemlich wild gestreut und Waltraud keine Chance auf Genesung gelassen hatte. In der Palmblattbibliothek hatte Waltraud damals schon erfahren, dass sie sich kurz vor ihrem Tod für ein Projekt einsetzen würde, an das sie von ganzem Herzen glauben würde. Nach ihrem Aufeinandertreffen mit Klara wusste sie nicht nur, worin sie investieren würde, sondern auch, dass es jetzt nicht mehr lange dauern würde.

Waltraud zu Ehren hatten sie und Romy die Räumlichkeiten nach Heilsteinen benannt – Rosenquarz war der Gruppenraum, Bergkristall ihr gemeinsames Büro, Aventurin hieß der Fitnessraum und Karneol die Sauna. Die Eingangstür der Kinderbetreuung hatten sie mit dem Schriftzug »Bei Hempels unterm Sofa« verziert. Durch Waltrauds großzügige Spende konnten sie ihr Unternehmen langsam wachsen lassen und waren in der glücklichen Lage, auf Kredite verzichten zu können. Eine glückliche Lage in Anbetracht der traurigen Umstände.

»Ich bin ja sooo verliiiiiiebt!«, flötete Romy, während sie in ihr gemeinsames Büro geschwebt kam. »Tristan ist der absolut tollste Typ, den ich je getroffen hab! Und Laila ist ja sooo niedlich! Und mit Claudia komm ich auch noch zurecht. Irgendwann. Danke, dass du ihn mir beim Babyschwimmen aufgerissen hast, Klara! Du bist echt eine tolle Freundin!«

»Ja, gern geschehen. Ich freue mich für dich mit.« Ihr Blick streifte die Kommunikationsregeln, die sie für »mamacare« ausgearbeitet und in jedem Raum des Zentrums aufgehängt hatten:

1. Wir gehen wertschätzend und respektvoll miteinander um.

2. Wir bleiben ein Team und bilden keine Lager, wie z.B. Schulmedizin vs. Homöopathie, Impfbefürworter vs. Impfgegner oder Gläschen vs. selber kochen.

3. Wir vergleichen unsere Kinder nicht miteinander. Jedes Kind ist einzigartig.

4. Wir machen kein »Fishing for Compliments« à la »Lena Sophie kann jetzt erst Zwei-Wort-Sätze sagen, dabei ist sie schon acht Monate alt. Meint ihr, ich müsste mit ihr mal zum Logopäden gehen?«

5. Wir gehen davon aus, dass jede Mutter immer das Beste für ihr Kind im Sinn hat.

»Übrigens hat Paul mich gefragt, ob er noch einen Nachmittag mehr in der Woche abdecken darf«, warf Romy ein. Ihr ehemals einsamer Wolf war seit seinem Einstieg bei »mamacare« weniger einsam und die Mütter dank seiner Beliebtheit bei den Kleinen weniger gestresst.

»Na klar! Ich hab bisher nur Gutes über ihn gehört. Die Kinder finden seine kleinen Puppentheateraufführungen toll!«

»Okay, dann sag ich ihm Bescheid.« Romy kritzelte sich eine Erinnerung auf ihren Block. »Was ich dir noch sagen wollte: Wir haben eine neue Teilnehmerin.« Sie reichte Klara den ausgefüllten Anmeldebogen über den Schreibtisch.

Klara warf einen Blick darauf und wurde blass.

»Stimmt was nicht?«

»Nadine Förster. Mist.«

»Du scheinst ja nicht gerade ein Fan von ihr zu sein.«

»Ich kenne sie gar nicht«, gab Klara zu.

Romy schaute sie fragend an.

»Ich kenne nur ihren Mann.« Klara legte die Anmeldung auf ihren Tisch und straffte die Schultern. »Lars.«

»Oh man, das kann ja interessant werden.« Romy rieb sich nachdenklich die Stirn. »Sollen wir ihre Anmeldung lieber ablehnen?«

Klara schüttelte den Kopf. »Ich wüsste nicht, wie wir das begründen sollen. Bestimmt hat sie keine Ahnung von Lars' Auswärtsspiel und schon gar nicht, dass ich die gegnerische Mannschaft war. Sonst würde sie doch nicht zu »mamacare« kommen, oder?«

»Da hast du recht. Und sollte es Ärger geben, stehen wir das zusammmen durch.«

»Danke.« Klara schnappte sich ihre Tasche und warf sich ihre dicke Daunenjacke über. »Wir reden nächste Woche weiter, ja? Ich muss jetzt los!«

Romy lächelte süffisant. »Hast du Pfeffer im

Hintern?«

Klara lachte. »Das wolltest du mich schon lange fragen, oder?«

»Ja, endlich war der Moment günstig.«

»Darauf erwartest du hoffentlich keine Antwort.«

»Nein, nicht direkt. Aber ich wüsste schon gerne, was Oliver mit dir an den Wochenenden macht, dass du montags immer aussiehst, als hättest du in purem Glück gebadet.«

Klara schmunzelte mit leuchtenden Augen. »Oliver bringt die Würze in mein Leben, die mir gefehlt hat. Julius ist mein Zucker, Oliver der Zimt.«

»Uhhh, na dann geh dahin, wo der Pfeffer wächst«, scherzte Romy weiter.

Im Gehen lachte Klara über Romys Witz, holte Julius aus der Kinderbetreuung ab und verließ mit ihm die Villa. Ich bin Mutter, Unternehmerin und glücklich, ging ihr durch den Kopf. Wer hätte das geahnt?

# Danke

Zuallererst bedanke ich mich bei allen Leserinnen und Lesern, die den ersten Teil der Knöpfchen-Reihe »Sehnsucht nach Sodbrennen« für so gut befunden haben, dass sie ihn gekauft, gelesen und weiterempfohlen haben. Es gibt kein schöneres Lob für mich, als zu hören, dass ihr mein Buch nicht aus der Hand legen konntet!

Vielen Dank auch an alle Leserinnen und Leser von »Baby, Business, Bettgeflüster«! Ich hoffe, dass ich euch mit den Abenteuern von Klara, Romy & Co. ein paar lustige Stunden und ungeahnte Überraschungen beschert habe. Wenn ihr auch anderen meinen Roman schmackhaft machen wollt, könnt ihr sehr gerne eine Rezension bei Amazon veröffentlichen.

Meinen Testleserinnen Corinna (meiner Schwester), Bianca, Verena und Maren sowie meinem Testleser Tobias (meinem Mann) danke ich außerdem von ganzem Herzen. Ohne euer Feedback hätte ich keine Ahnung, ob ich die einzige bin, die über mein Geschreibsel lachen kann. Jede/r von euch hat sich mit wertvollen Ideen eingebracht, die die Geschichte rund gemacht haben. Danke!

Mein Dank geht auch - wie beim letzten Buch - an meine Eltern und an meine Schwiegermutter, die sich regelmäßig um unseren Sohn kümmern, damit ich ein paar Zeilen zustande bringe.

Vielen Dank an die Lokale, in denen ich sitze, um zu schreiben. Vermutlich bin ich keine lukrative Kundin, weil ich immer nur einen Tee trinke. Danke, dass ich trotzdem nicht rausgeworfen werde.

Selbstverständlich sind alle Personen im Buch frei erfunden. Parallelen zwischen Klaras und meinem Leben gibt es trotzdem: In unserer Küche bedeutet eine Spülmaschine, die voll mit sauberem Geschirr ist, ebenfalls den Anfang vom Ende, was Ordnung betrifft. Deshalb danke ich der unglaublich tollen Melanie von Herzen, dass sie unser Chaos in Schach hält.

Tobi und Titus, euch danke ich ganz besonders, weil ihr mich in meinem Traum, Autorin zu sein, unterstützt und ich ihn dank euch Realität werden lassen kann. Ohne euch hätte ich weder so viele Ideen noch die Rückendeckung, die man braucht, um mutig seinen Weg zu gehen.

Wenn du mehr über meine Bücher und über mich erfahren möchtest, findest du auf meiner Homepage www.julianiewoehner.de einen Link zu meinem Newsletter. Wenn du dich dafür registrierst, erhältst du einmal im Monat Infos über neue Romanprojekte, Einblicke in meinen Schreiballtag und ausgewählte Buchtipps. Ich freue mich auf dich auf meiner Newsletterliste!

Alles Liebe, deine Julia Niewöhner im Mai 2018

Hast du »Baby, Business, Bettgeflüster« gelesen, ohne den ersten Teil zu kennen?

**Darum geht's in »Sehnsucht nach Sodbrennen«:**

Eine ungeplante Schwangerschaft, ein unerwünschter Heiratsantrag und ein unglaublich charmanter Frauenarzt wirbeln Klaras Leben völlig durcheinander. Romy, ihre diätsüchtige Kollegin bei der Bielefelder Sexualberatungsstelle »Höhepunkt«, steht ihr in dieser chaotischen Zeit bei. Alles scheint sich zu fügen, bis ihr ein plötzlicher Todesfall in der Familie die Augen öffnet und ihr zeigt, was im Leben wirklich zählt.

**Berührend, witzig und voller Mutterliebe!**

So wurde »Sehnsucht nach Sodbrennen« bis jetzt bei Amazon bewertet:

## Kundenrezensionen

☆☆☆☆☆ **15**                          Rezension
4,7 von 5 Sternen ▾                    schreiben

| | | |
|---|---|---|
| 5 Sterne | ▓▓▓▓▓▓▓ | 73% |
| 4 Sterne | ▓▓ | 27% |
| 3 Sterne | | 0% |
| 2 Sterne | | 0% |
| 1 Stern | | 0% |

Quelle: amazon.de, Stand: 05.05.2018

Als E-Book und als Taschenbuch erhältlich.
Überall im Buchhandel bestellbar.
ISBN: 9783744887816

Möchtest du auch das Seminar
zum Thema »Emotionales Essen« besuchen,
das Romy von ihrem Diätwahn befreit hat?

Das Seminar gibt es nämlich wirklich,
und zwar bei Maria Sanchez.
Bei ihr bist du mit deinem persönlichen Essensthema
wunderbar aufgehoben.

Tel.: 040 439 107 41

www.mariasanchez.de

Findest du auch, dass die Welt
weniger Männer wie Lorenz
und mehr Abenteurer wie Oliver braucht?

Dann empfehle doch diese Seite weiter an die Männer,
die es interessieren könnte:

www.abenteuermannsein.de

Dir gefallen innovative Projekte
mit engagierten Leuten?
Dann ist das hier vielleicht was für dich:

Spätestens seit PISA werden die Stimmen für eine
Bildungsreform in Deutschland immer lauter.
Nicht nur die Inklusionsdebatte, sondern auch neueste
Erkenntnisse aus den Neurowissenschaften,
Bildungswissenschaften und der Erziehungs-
wissenschaft zeigen, dass wir grundlegende
Veränderungen brauchen, um eine zukunftsorientierte
Bildung zu ermöglichen.

Wir brauchen eine Schule,
die sich unseren Kindern anpasst,
anstatt eine Schule, die Kinder passend macht!

Wir, der Förderverein für freie und demokratische
Bildung OWL e.V., haben uns auf den Weg gemacht,
selbst einen Teil zur Bildungsreform beizutragen.
Mit der Gründung einer demokratischen Schule wollen
wir eine ganzheitliche Bildung ermöglichen,
in der die freie Persönlichkeitsentwicklung
der Kinder im Fokus steht.
Wir wollen eine Schule ermöglichen,
an denen Kinder Spaß am Lernen haben!

**Kontaktdaten**
**Förderverein für freie und demokratische Bildung**
**OWL e.V.**
Fröbelstr.18 b
33803 Steinhagen
E-Mail: info@unsere-schule-owl.de

Uns gibt's auch bei Facebook!

Und solltest du mal ein Auto mieten wollen,
tu das am besten hier:

Sixt-Agentur Bielefeld-Sennestadt
Betrieben von Helmut Siefert
Paderborner Straße 327
33689 Bielefeld

Tel.:    +49 (0)5205 950 764
Fax:     +49 (0)5205 950 744
E-Mail: dt3448@sixt.com